D E A R + N O V E L

# 50番目のファーストラブ

月村 奎
Kei TSUKIMURA

新書館ディアプラス文庫

S H I N S H O K A N

50番目のファーストラブ

目次

イラストレーション／高久尚子

# 純情サノバビッチ

junjou son of a bitch

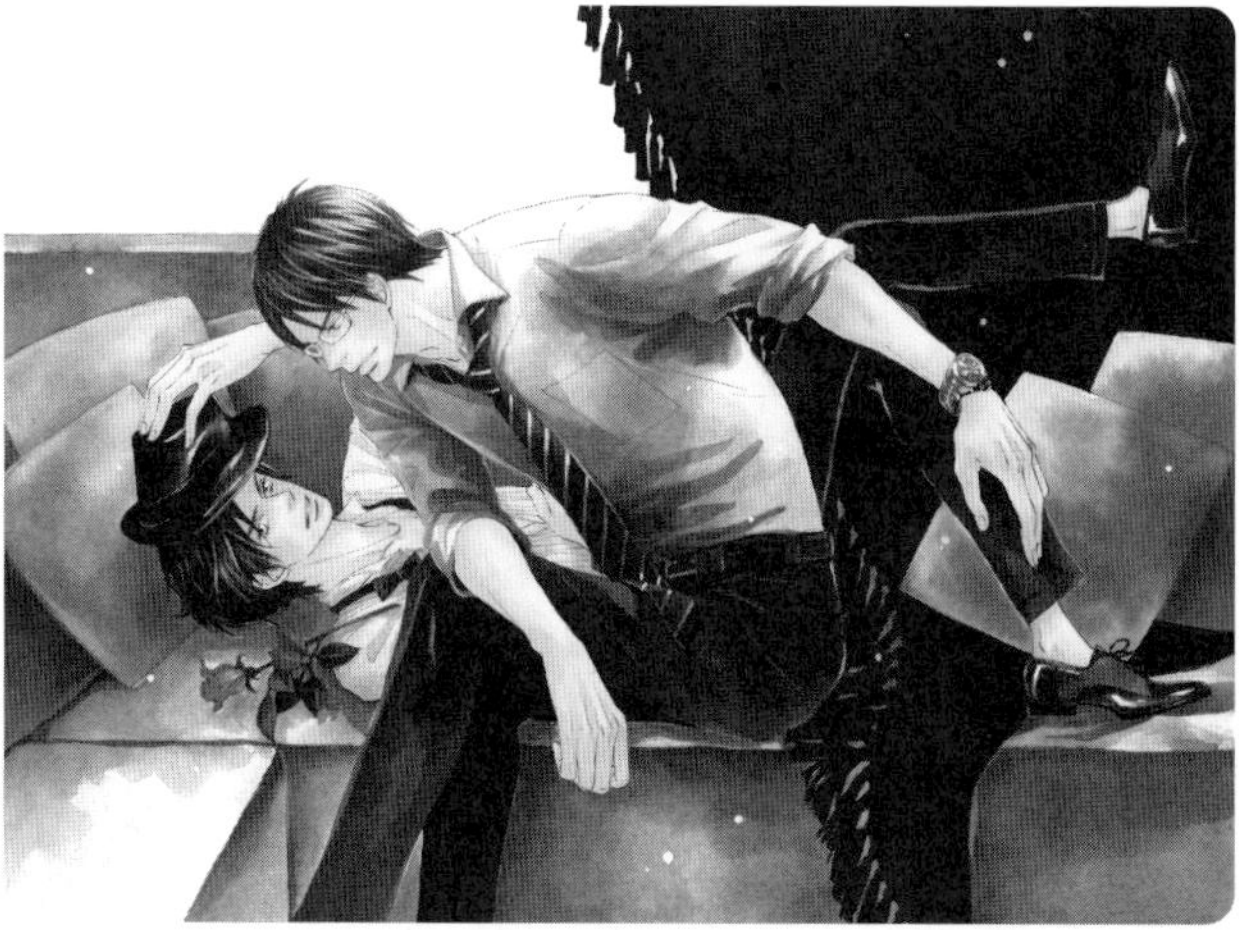

# 1

山下瞬介《やましたしゅんすけ》の趣味は、セックスだ。

中三での女子大生家庭教師との初体験を皮切りに、大学二年の現在に至るまで、やった相手は四十九人。一応交際関係にあった相手もいるし、その場限りの相手もいる。同時期に三人の女とつきあったこともある。見目麗《みめうるわ》しく生んでもらったおかげで、女には不自由しない。同年代は面倒くさいので、相手は年上ばかり。最近はさばけた人妻とのセックスを楽しむことが多い。

相手の旦那《だんな》さんにバレたらどうすんの？　慰謝料《いしゃりょう》とか請求されちゃうよ？　と友人の翔《しょう》などは常識的な心配をしてくるが、既婚者だとは知らなかったと言い張れば済むことだ。そもそも瞬介はついこの間まで未成年だったから、関係が露呈《ろてい》したところで、白い目を向けられるのは十代の少年と関係した人妻の方だ。万が一厄介《やっかい》な問題が発生したときには母親の顧問弁護士に頼めば、いいように処理してくれる。

今、組み敷いている由梨絵《ゆりえ》も、アラサーの人妻だ。二ヵ月前にクラブで知り合い、寝るのは今日で四回目。夫の単身赴任《ふにん》をいいことに、好きに遊び歩いているらしい。瞬介にとっては比較的長続きしている相手だ。

避妊具《ひにんぐ》を口を使って被《かぶ》せてくれる仕草などは素人《しろうと》とは思えないすれた感があるが、瞬介は初々《ういうい》しく恥じらう処女《しょじょ》より、そういうさばけた女の方が好みだ。

昔は、裸体やなまめかしい声だけで官能を刺激されて昇り詰めていたが、良くも悪くもセックス慣れした最近は、視覚からの刺激くらいではそうそうエロい気分になれない。結局は物理的刺激がいちばん手っ取り早い。

相手の状況などお構いなしに、瞬介は目を閉じてひたすら腰を振り、身勝手に昇り詰めていく。身体で快楽をむさぼる一方で、頭の中ではこのあと何を食べようかとか、明日翔から社会学のノートを借りないととか、全然関係のないことを考えていたりするのもいつものことだ。もはやほとんど自慰《じい》と変わらないが、一人でシコシコやるよりは、人のぬくもりがある方が盛り上がる。

「もうっ、瞬ちゃんたら、乱暴なんだからぁ」

ベッドが不穏な音を立てるほど突きあげると、由梨絵が抗議してきたが、その声音はむしろ嬉しそうだ。セックスレスの人妻たちは、手荒なくらいに求められる方が嬉しいらしいというのが、これまでの経験で瞬介が得た結論だ。

ガツガツ腰を振って行き果てると、瞬介は由梨絵の上に体重を預けて覆《おお》いかぶさった。

「瞬ちゃん、重いよ」

由梨絵は笑いながらも、子供をあやすように瞬介の背中をポンポンと撫《な》でてくれる。こうして事後にやわらかいぬくもりに包まれるのは気持ちいい。由梨絵は面倒な後戯《こうぎ》やピロートークをせがんでくるタイプではないし、もの足りなければ自ら跨《また》がって勝手に動いてくれるから、気楽でいい。

案の定、由梨絵はひとしきり瞬介の身体を愛撫したあと、身体の上下を入れ替えて、避妊具をつけ直した。

「若いって素敵ね」

瞬《また》く間に硬度を取り戻したものを愛《いつく》しみながら、由梨絵が感嘆《かんたん》の声をもらす。

褒《ほ》められるまでもなく、自分のものにはそれなりに自信を持っている。この歳で四十九人の女を喘《あえ》がせてきた経験と実績があるし、若さゆえの硬度と回復力は常に年上の女性たちを喜ばせる。

自慢はそこだけではない。むしろ女性たちを最初に引きつけるのは容姿で、細身ながら均整のとれた八頭身の体型と、まなじりのあがった大きな目、薄く形のいい唇は女うけが特にいい。加えて母親は年商五十億の通販女性下着会社社長というおまけつき。これでモテないはずがない。

腰に跨った由梨絵が、なまめかしい動きで再び瞬介を昂《たか》めにかかる。

気持ちのいいことは好きだ。夜食や翔のノートのことを考えたりすることはあっても、セックスの最中にそれ以上面倒なことを考えるのは不可能だから、ただその場の快楽に身を委《ゆだ》ねていればいい。

瞬介はしばしこの世の憂《う》さを忘れて、目の前の快感に没頭《ぼっとう》した。

結局、由梨絵とは四回戦までいった。さすがに腰にだるさを覚えながら帰宅すると、母親のしのぶが玄関先で若い男とキスしていた。ダークスーツの男は、多分ホストかなにかだろう。息子は人妻と四回戦、母親は息子と大して歳の変わらないホストをお持ち帰り。爛《ただ》れっぷりに笑いがこみあげてくる。

「ただいま」

声をかけると、しのぶは男の首にからめていた腕をほどいて瞬介を振り返った。

自ら会社の広告塔も務める母親はいわゆる美魔女というやつで、とても四十三には見えない。惜しみなく金をかけて手入れしている肌や髪は、瞬介の同級生の女子たちが羨《うらや》むほどに美しい。

「おかえり。早かったのね」

午前一時に帰宅した息子に、嫌味でも何でもなくそう声をかける母親も滅多《めった》にいないだろう。

「お邪魔してすみません」

しれっと男に挨拶《あいさつ》をして、リビングへと向かう。

今の誰？　え、あんなに大きな息子がいるの？　つか超イケメンじゃん！　うちの店のナンバーワンになれるよ。

背後から聞こえてくるお持ち帰り男の声に「バーカ」と小さく呟いて、六人掛けのソファに身を投げ出す。

デザイナーズマンションの最上階のワンフロアを占める自宅は、成金セレブらしい豪奢《ごうしゃ》な造りになっている。

友達を連れてくるともれなく羨ましがられるが、自宅とはいえ母親の営業・接待の場でもあり、度々《たびたび》取材なども入ったりして、あまり寛《くつろ》げるスペースではない。

情夫を見送ったしのぶが、リビングへと引き返してきた。

自社製品より一桁《けた》高級なランジェリーにカシュクールの部屋着を羽織ったしどけない格好で瞬介の足をソファの下へと押しやり、空いたスペースに腰を割りこませてくる。

「何か飲む？」

情事の残り香《が》が艶然《えんぜん》と漂《ただよ》う母親に訊《たず》ねられて、瞬介は寝そべったままかぶりを振った。

しのぶはとにかく男癖《おとこぐせ》が悪い。「英雄色を好む」の女版とでもいうのだろうか。物心つく前からそんな姿を見ているのでもうすっかり慣れっこで、どんな男を連れ込もうとまったく気にもならない。むしろそういうさばけたところを尊敬している。男好きだが、それと仕事はきっちり分けている。情に流されて男女の関係を仕事に持ちこむようなことは一切ない。多情で非情。最高にクールだ。

そんな母親を手本に、瞬介も立派なヤリチンへと成長していった。遺伝的なものもあるのだろうし、母へのリスペクトがそうさせた部分もある。

しのぶはシングルマザーだ。父親が誰なのかはわからない。しのぶの口からきっぱりそう言われた。

夜の仕事をしていたしのぶが、やがて自分の会社を立ち上げ、のしあがっていく姿を、瞬介はずっと傍《かたわ》らで見ていた。とっかえひっかえ男を連れ込むさまも含めて、そのすべてが成功の形であり、尊敬の対象だった。

セックスは楽しむべきもの。でも恋とか情とかそういうくだらないものには溺《おぼ》れない。そんなしのぶの信念を、瞬介も受け継いだ。

人妻との交際を重ねるにつれ、母の信念に間違いがないことを瞬介は実感として知った。運命の相手だと盛り上がって結婚した夫にあっという間に飽《あ》きている人妻たちを見れば、恋なんていうものがいかにくだらないかよくわかる。

悪い魔女みたいに尖《とが》って毒々しい色をしたしのぶの爪先が、瞬介の鎖骨《さこつ》をかすめる。

「今度はどんな女なの?」

どうやら情事の痕跡《こんせき》が残っていたらしい。

「ん。別にフツー」

そっけなく、いかにも親がウザい年頃の子供の口調で答える。

小学生の頃、学校であった出来事を喜び勇んで報告しようとして鬱陶《うっとう》しがられてから、しのぶは子犬のようにキャンキャン暑苦しい息子はお好みではないようだと知った。それ以来、猫系の演出を心がけている。しのぶには好評だ。

「遊ぶのはいいけど、変な女に入れこまないでよ」

「そんな面倒なこと、すると思う?」

挑戦的な視線を送ると、さすが我が息子とばかりにしのぶが満足げな笑みを浮かべる。

ホントに美人だよなぁと思う。物心ついた頃から、しのぶの容姿は全然変わっていない。むしろ若返っているくらいだ。部屋着から見え隠れするバストラインだって、由梨絵よりよっぽど張りがあって美しい。

あんな若造のホストなんかと抱き合ってないで、俺を抱っこしてくれたらいいのにと密《ひそ》かに思う。男好きのしのぶだが、息子とのスキンシップは希薄だった。ぎゅっと抱きしめられたような記憶が一度もない。

「明日早いから、もう寝るわね」

ソファから立ったしのぶは、ローテーブルの上を指差した。

「それ、あげるわ。誰か誘って行ったら?」

しのぶが出て行ったあと、のろのろとローテーブルの上に手をのばす。置かれていたのはミュージカルのペアチケットだった。協賛のところに母親の会社の名前が入っていた。人気俳優のミュージカル初出演作で、結構話題になっている。

しのぶがくれるこの手のチケットや自社の商品券は、女子にとても喜ばれる。由梨絵を誘おうか、それともそろそろ次の女に行くか。

由梨絵が四十九人目だから、次は五十人目。ちょっと記念すべき数じゃないか。それにふさわしい女をひっかけなくてはと軽薄な笑みを浮かべながら、その裏側から何度封じても湧きあがる想いがある。

次こそ、運命の相手なのではないかという、乙女なドリームだ。

恋などくだらないと嘲笑《あざわら》う気持ちも本物なら、その裏で本当の恋を夢見ているのも本当のことだった。

しのぶの生きざまを尊敬しているし、数々の体験から恋が幻想なのも知っている。けれど、万が一、億が一、奇蹟《きせき》が起きて、自分に運命の相手が現れたりしないだろうか。

実は最初の家庭教師のときにもそう思ったし、二人目、三人目のときにも思った。すでに四十九人ともなるとそんな幻想を抱《いだ》くのもバカバカしいが、それでもこれが最後の、本物の恋ならいいのにと心のどこかで願っている自分がいる。

俺は二重人格なのだろうか。瞬介はソファの上で煩悶《はんもん》する。こんな恥ずかしい夢を見ている自分は、母親にも、友人にも、誰にも知られてはいけない。

そうだよ、恋なんて百パーセント幻想だ。五十人目だって、おっぱいが大きくて尻の軽そうな人妻をチョイスすればいいだけのことだ。

でも、だけど、もしかしたら……？

# 2

女の子たちの服が少しずつ薄くなっていく初夏は、男にとっては楽しい季節だ。

手持無沙汰《てもちぶさた》に翔《しょう》を待ちながら学生ホールを見まわして、瞬介《しゅんすけ》は頭の中で女の子たちを採点していく。瞬介の好みはスレンダーで胸が大きめのタイプだが、現実には案外少ない。胸の大きい女の子は、ほかの部分にもボリュームがあったりする。

太れば誰だって巨乳になれる。力士を見てみろ、みんなおっぱいでかいじゃん。

端整なマスクの裏でグダグダと益体《やくたい》もない悪態をついていると、ポンと肩を叩かれた。

「ごめんね山下《やました》、待たせた?」

ほぼ時間通りだし、しかも瞬介の勝手で待ち合わせしたのに、一之瀬《いちのせ》翔はにこにこと屈託《くったく》のない顔で詫《わ》びて、お菓子の箱がのったコピーの束《たば》を差し出してきた。

社会学のノートを貸してほしいとメールしておいたのだが、わざわざコピーをとった上に、生協のクッキーをおまけにつけてくれる人の好《よ》さには呆《あき》れかえる。

「サンキュー」

コピー代にと五千円札を差し出すと、翔はすべすべのほっぺたをぷっと膨《ふく》らませた。

「だからそういうのやめようよ。不愉快《ふゆかい》になる奴《ヤツ》だっているよ？」

翔は紙幣《しへい》を押し返し、代わりに「これでいい」と瞬介の飲みかけのコーヒーに口をつけた。

「山下と回し飲みなんかしてると妊娠《にんしん》するぞ」

通りかかった同級生のからかいに、翔がコーヒーを噴き出した。

「なんで俺が妊娠するんだよっ」

「しそうな顔してるじゃん」

やや小柄《こがら》なのと、顔の造作がちまちまとかわいらしいせいで、翔はしょっちゅう友人たちにからかわれている。

仲間の一人がふと瞬介のカットソーの襟開《えりあ》きのあたりに視線を向けてきた。

「山下、またエロい痕《あと》つけてんじゃん」

大学の女子に手を出したことはないが、瞬介の乱行《らんぎょう》は友人たちには知れ渡っている。

「山下の彼女、CAだっけ？」

「いつの話してんだよ」

「え、もう別れたの？　今度はどんな女だよ」

「普通の人妻だよ」

「……っておまえ、大学生とホイホイ寝るような人妻を『普通』とは言わないだろう」

「そう？　俺の知ってる人妻はみんなそんなのだけど？」

「うっわー。ひくわ、マジで」

そう言いながらも羨望《せんぼう》の眼差《まなざ》しで詰めよってくる。

「なあ、俺にも紹介してよ。そういうお手軽な人妻」

「自分で探せば」

「俺が自力で人妻なんかひっかけられるわけないだろう。モノにするテクもないしさぁ」

「別にテクニックなんかいらないし。ガンガン突っ込むだけだよ」

「うぉー、スゲー！　俺、生まれ変わったら山下になりたい！」

無邪気な友人たちが去っていくと、翔が隣でため息をもらした。

「もう、山下ってばー」

「なんだよ。あ、翔もお手軽な女紹介して欲しいの？　おまえにだったらいいけど」

「そうじゃなくてさー。ていうか俺、人妻とかビビってムリ」

「平気だって。一人で心配なら、３Ｐとかどうよ？」

「……山下って時々恐ろしいこと言うよね」

呆れかえりながらも翔はまったりと瞬介のコーヒーを飲んでいる。

翔と親しくなったのは、大学入学直後のことだ。学食の券売機で瞬介の前に並んでいた翔は、機械から弾《はじ》かれてしまう五百円玉を「あれ？　あれ？」と首を傾《かし》げながらしつこく投入しつづけていた。そのトロさにイラついて背後から別の硬貨を入れてやったら、翔はすっかり瞬介になついてしまった。

　さっさとどけよというイラつきからした行為なのに、翔の中で瞬介はすっかり『いい人』認定されている。人妻を何人コマそうと、度々《たびたび》講義をサボっては翔のノートをあてにしようと、クラスメイトを見下そうと、なんでも金で解決しようと、翔はちょっぴり呆れる程度で、基本『いい人』の認識を変えようとせず、瞬介を信用しきっている。

　こいつはアホに違いないと思いつつも、ほんわかキャラの翔と一緒にいるのは気楽だった。瞬介はモテオーラも半端ないが、敵も作りやすい。だが翔がワンクッション入るととたんに場が和《なご》んで、人間関係で余計な摩擦《まさつ》を生みにくい。

「ねえ山下、今日ヒマだったらうちに来ない？」

　翔がにこにこ誘いかけてきた。

「静岡の親戚《しんせき》から、ねりものをたくさんもらったから、今夜おでんにするって母親が言ってたんだ。きっと売るほど作ってるから、食べにおいでよ」

「おでん？」

　聞き返す声が不審げになる。おでんとは家で作るものなのか。

　しのぶは滅多《めった》に料理をしない。自宅に取材が入った時に、ピカピカのキッチンで料理シーンの撮影《さつえい》をしたりするが、バーニャカウダとか、バジルアイオリソースのカクテルサラダだとか、行きつけの店のシェフに付《つ》け焼《や》き刃《ば》で教えてもらったこじゃれた料理ばかりだ。

一度、家政婦が瞬介の夕食用にできあいのおでんを温め返したことがあったが、ちょうど帰宅したしのぶがその匂《にお》いに激怒して以来、まったく食卓にのぼらなくなった。

おでんに興味はなかったが、どうせヒマだし、そういえば翔の家に遊びに行くのは初めてで、ちょっと興味がわいた。

「ヒマだから行ってもいいけど」

瞬介の横柄《おうへい》な答えにも、翔はあくまで人のいい笑みをみせる。


「手土産《てみやげ》なんかいいのに。超持ちづらいよ、これ」

初夏の薄闇《うすやみ》の中、肩を並べて家路を辿《たど》りながら、翔が口を尖《とが》らせる。来る途中に有名パティスリーで買ったホールのケーキは箱がかさばって持ち歩きにくく、途中で翔に押し付けた。

「ケーキ好きって言ったじゃん」

「そうだけど、こんなたっかいのじゃなくて、近所のコンビニのやつとかでいいのに」

「手土産にコンビニスイーツなんか持って行ったら、家の人がドン引くだろ」

「……うちの家族はむしろこっちの方がドン引くと思うけど」

ケチケチするなというのも、母親から学んだことだ。迷ったら高い方を買う。それが勝ち組になる秘訣《ひけつ》だと、しのぶはいつも豪語している。

小柄な翔が手土産を持てあましているようなので、しょうがないからまた引きとってやろうとしたが、「山下は乱雑に扱《あつか》うからダメ」と拒《こば》まれた。

「そんなもん、中身が崩れたって味は一緒だろ」

「山下のそういうとこ、理解に苦しむんだよな。こんな高いものを買っておいて、扱いはぞんざいとか」

「そっちこそ、手土産いらないとか言いながらなに持ち方にこだわってるんだよ」

じゃれあうような言い合いをしていたら、

「こんばんは」

不意に背後から低いのに明度のある声が降ってきた。

ぱっと振り返った翔が、「健《けん》ちゃん!」と驚いたような声をあげた。

「どうしたの? 健ちゃんもおでん食いに来いって呼ばれた?」

「おでん? 俺はマンションの契約更新で親父に印鑑もらいに来たんだけど」

翔に一拍遅れて、瞬介も背後を振り返る。

会社帰りのサラリーマンふうの男が、にこにこと立っていた。量販店のものと思《おぼ》しきスーツにメガネの、ごく平凡な雰囲気《ふんいき》の男だ。身長は一八〇センチちょっとありそうだが、それだっていまどき別に特徴といえるほどの長身でもない。次にまたどこかで会っても思い出せないくらい、すべてが普通というのが、その男に対する瞬介の第一印象だった。

瞬介と目が合うと、男は再びにこやかに「こんばんは」と繰り返した。

「翔の兄の健です。大学のお友達かな？」

「山下だよ」

名乗ろうとしたら、翔に先んじられた。

健はメガネの奥の目を軽く見開いた。

「ああ、きみが山下くんか。いつも翔がお世話になっています」

含みありげににこっと笑われて、瞬介はちょっとたじろいだ。話の流れからして別々に暮らしているらしい兄が、自分のことを知っているふうなのはなぜなのか。

「これ、山下の手土産」

瞬介には渡そうとしなかったケーキの箱を、翔はひょいと兄に渡す。

「うわ、豪勢だな。すみません、お気遣《きづか》いいただいて」

「いえ」

「翔がご迷惑をおかけしてないですか？　末っ子だから甘えん坊で」

「健ちゃん、俺何歳だと思ってる？　成人してるんだから、甘えん坊とかマジやめて」

「甘えん坊だろ。俺が家を出るって言ったら淋《さみ》しがって泣いてたじゃん」

「何年前の話だよ」

「ついこの間」

「五年も六年も前の話だよ。それをついこの間とかいうのは、ジジイな証拠」

「ジジイってなんだよ。俺はまだ二十八だ」

「アラサーじゃん。超ジジイ」

翔とじゃれあう立場を健に奪われてちょっと面白《おもしろ》くない気分半分、物珍しさ半分で、瞬介は二人のやりとりを眺めた。兄弟はおろか、いとこすらいない瞬介には身内同士のこんなやりとりは新鮮に映《うつ》った。

二人がぽんぽん言い合っている間に、古い住宅街の一角にある一之瀬家に到着していた。

役所勤めだという父親はすでに帰宅していて、小柄でふくよかな母親と共に瞬介を歓迎してくれた。

どちらかといえば翔は母親似、健は父親似だろうか。いずれにしても、平凡を絵に描いたような一家だった。

おでん鍋《なべ》を囲んで夕食が始まると、瞬介はテレビドラマの団らんシーンに迷い込んだような錯覚《さっかく》に陥《おちい》った。

しのぶは、母という前に『女』の匂いがする。しかし翔の母親は性別を超越してまさしく『母親』というジャンルの生き物だった。

「おでんなんて季節外れっていわれそうだけど、うちじゃ年中作るのよ。山下くん、嫌いなも

のある？　あ、ぬか漬《づ》け好き？　そうそう、昨日の残りだけどきんぴらもあるのよ。箸休《はしやす》めにどう？」

次から次へと小鉢《こばち》を並べる母親に圧倒されていると、横から健が瞬介の取り皿に手をのばしてきた。

「嫌いなものないなら、適当に取るよ」

慣れた手つきで、土鍋からおでんのネタを瞬介の皿に取り分けてくれ、合い間に翔の皿にも、好物らしいネタをいくつか入れてやっている。

自ら酌《しゃく》や給仕をすることをしのぶは嫌うから、瞬介も一切やらない。

当たり前のように給仕してくれる健は世渡り上手《じょうず》で、会社勤めには最適なタイプなのだろう。人の上に立つ器じゃなさそうだけど、と、瞬介は生意気なジャッジを下す。きっと早々に『ジャンル・母親』な女と結婚して、子供を二人くらい作って、平凡な家庭を築くタイプ。女遊びとかもできなそうだよなぁ。

「ん？　なにか苦手なものが入ってた？」

品定めする瞬介の視線に、健がメガネの奥のやさしげな目で問いかけてくる。

「いえ、おいしそうだなぁと思って。手作りのおでんって初めて食べるので」

そつなく言って、にこっと笑ってみせる。

「山下くんのお母さんは、あの sweet angel の社長さんだって？　そんなセレブなご家庭じゃ、こういう庶民の料理は作らないんだろうな」

父親がしみじみ言い、母親がうんうんと頷く。

「ノーブルな顔立ちしてるものね、山下くんって。ジャニーズの子たちみたいにイケメンだし。モテて困るでしょう」

「ありがとうございます」

瞬介は笑顔で肯定《こうてい》した。空々しい謙遜《けんそん》はしない。それも母親譲《ゆず》りの流儀《りゅうぎ》だ。

庶民の夕食はそこそこおいしかった。健が次々おかわりを足すから、おでんが内臓すべてに詰め込まれたくらいお腹いっぱいになってしまった。

帰りは駅まで健と一緒だった。

大学は楽しいかとか、翔をよろしくねとか、そろそろ梅雨《つゆ》だねとか、健が振ってくる話はその容姿と同じくらい平凡で当たりさわりなくて退屈だった。

しかし不思議と嫌な退屈ではなかった。ぬるまったい風呂のように、いつまで浸《つ》かっていても無害で悪くない退屈だ。

そんなことを思っていたせいか、改札を抜けてそれぞれのホームにわかれる時に、

「じゃ、またね。気をつけて」

笑顔でそう言われて俄《にわ》かに我に返り、自分と相手の両方にイラッとした。

なにが「またね」だよ。転居ハガキの「お近くにおいでの節は」みたいな空々しさ極まりな

い社交辞令じゃないか。

瞬介が翔の家に遊びに行くことなんてそうそうないし、ましてや家を出た兄弟と会う確率なんて、果てしなくゼロに等しい。

万が一、いつかどこかで再会しても、平凡すぎて誰だか思い出せないに決まっている。

しかしその果てしなくゼロに近い確率の「いつか」に、瞬介は思いがけず早々に遭遇《そうぐう》することになる。

# 3

「夫が来月帰任することになったの」

由梨絵《ゆりえ》がそう切り出してきたのは、繁華街のファッションホテルで濃密な情事を終えたあとだった。

今日は由梨絵がずっと上で主導権を握っていたので、瞬介《しゅんすけ》はまだ体力的に余裕があって、もう一回くらいやってもいいなと悠長《ゆうちょう》なことを考えながら携帯をいじっていた。

「だから瞬ちゃんとは、もう今までみたいに会えないと思う」

壁にしつらえられた大きな鏡に顔を近づけてアイラインを引きながら、由梨絵は残念そうに言った。

別れには慣れている。というより、別れを淋《さみ》しいと思うほどの長さや深さで人とつきあったことがないから、いつも「ふうん」という程度の感慨《かんがい》しかない。

とはいえ、由梨絵はつきあいやすい相手だったし、身体の相性もよかった。ましてや今はもう一回やってもいいかなと思っているところだっただけに、多少の名残惜《なごりお》しさがなくもない。

瞬介はベッドから降り、由梨絵の背後にぴったりと身を寄せた。

「じゃ、最後にもう一回やろうよ」

由梨絵はくすぐったそうに身を竦《すく》めて、くすくす笑った。

「だめよ。もう身支度《みじたく》を済ませちゃったんだから」

鏡と瞬介の間でくるりと身を反転させて、軽いキスをしてきた。

「とっても楽しかったわ。ありがとう」

「こちらこそ」

最後は立ちバックでつっこみたかったななどと思いつつも、さらりと笑顔で応《こた》える自分は大人だよなぁと、軽く自己陶酔《とうすい》する。

身支度を整えてホテルを出たとき、通りを渡ってきたカップルの男の方が声をかけてきた。

「山下《やました》くん？」

顔をあげた先に立っていたのは健《けん》だった。再会しても平凡すぎて誰だかわからないはずだったが、この前会ってから三日しかたっていなかったので、さすがの瞬介にも見分けがついた。

「じゃあね」

一応人目を忍ぶ逢瀬《おうせ》なので、由梨絵は健たちに会釈《えしゃく》をして、俯《うつむ》きがちに立ち去って行った。

邪魔が入ったせいで別れ際の余韻《よいん》を楽しめなかったじゃないかよと内心舌打ちをしてから、ふと気付いて、半身ずらした。

「どうぞ」

さり気なくホテルの入り口を二人に譲《ゆず》る。健は一瞬目を丸くし、連れの女は噴き出した。

笑い声がさばさばとしたいい女だ。細身なのに胸がでかいのは瞬介の好みどストライクだし、顔立ちもかなりタイプだった。凡庸《ぼんよう》なくせして、健は女の趣味はいいようだ。

健は人のいい顔に苦笑を浮かべた。

「食事に行くところなんだ。……彼女はいいの？」

雑踏に消えて行く由梨絵の後ろ姿に視線を送って訊《たず》ねてくる。

「ちょうど帰るところでしたから」

「じゃあ山下くんも一緒に夕食をどう？」

出たよ、おっさんの社交辞令。デートの最中にたまたま出くわした弟の友達を食事に誘うって、どういうセンス？　当然俺が遠慮《えんりょ》する前提なんだろうけど、ここでのってみせたらどうするんだろう？

由梨絵に予定外の別れを宣告されて、手持ち無沙汰《ぶさた》だったこともあり、天《あま》の邪鬼《じゃく》な性分がむくむくと頭をもちあげる。

瞬介は、無邪気な大学生の顔で笑ってみせた。

「いいんですかぁ？　ありがとうございます」

健の狼狽《ろうばい》や、連れの女の迷惑顔を期待して観察したが、二人とも表面上はまったく動じることもなく、じゃあ行こうかという流れになった。

連れて行かれたのは、チェーンの居酒屋だった。

特に腹も減っていなかったので、サワー一杯分邪魔したら引きあげようかと思いながら、凡人と美女のカップルを眺《なが》める。会話の中から、彼女の姓が大竹《おおたけ》であることを知る。

外見的には女のあしらいに長《た》けているようには見えない健だが、大竹とのやりとりは自然で余裕すら感じられた。二人は職場の同僚でもあるらしく、仕事がらみのやりとりの中では大竹は健を尊敬さえしている様子だった。

早々に退席するつもりだったのに、そんなやりとりを見ていたら再び天の邪鬼な気分になる。俺が振られて、なんでこの凡庸な男がこんな美人に憧《あこが》れの視線を向けられているのか。

もうちょっと邪魔してやろうと、瞬介は勧められるままに飲み物のおかわりをオーダーする。

仕事がらみの話は最初だけで、その後は瞬介も加われるような当たりさわりのない世間話が交わされた。この間と同じように、退屈で眠くなるような、そのくせ別に不快ではない生《なま》ぬるい会話だ。

ほどよく酔《よ》いが回ってきた頃、大竹が化粧室に中座した。健と二人きりになったテーブルで、いたずら心が湧き起こる。

「あんなところで会うとは思いませんでした。俺、邪魔しちゃったんじゃないですか？」

さっきは否定していたけれど、本当はラブホに行くところだったんじゃないかと、暗にからかう。人のいい笑顔に狼狽が走るのを見てやりたいと思う。

しかし健は、温厚な笑顔のままさらっと言った。

「年上女性に手ほどきされるのが好きなの？」

「え？」

切り返されてぽかんとなったのは逆に瞬介の方だった。

「きみの武勇伝は翔《しょう》から聞いたことがあるけど、フィクションじゃなかったんだね」

年上女性を次々モノにする瞬介に、大学の友人たちは羨望《せんぼう》の眼差《まなざ》しを向けてくるが、健が発する『武勇伝』という単語にはどこかからかうような響きが感じられてカチンときた。

しかもフィクションってどういう意味だよ？　俺が話を盛って『武勇伝』を吹聴《ふいちょう》しているとでも思ってたわけ？

人のいい笑みに見えたものが、だんだん人を食った笑みに見えてくる。瞬介は負けじと醒《さ》めた微笑を浮かべて返した。

「いっそ作り話だったらいいんですけど、なかなか一人の相手と続かなくて。さっきのは、四十何人目の相手です」

謙遜《けんそん》と見せかけてモテっぷりを誇示《こじ》し、正確な数をぼかすことで手練感《てだれかん》を演出してみせると、健が目を丸くした。

恐れ入ったか、ざまあみろ。

……と悦にいったのは一瞬だけだった。健はメガネの奥の目を数回瞬《しばたた》いてから、瞬介の方に身を乗り出してきた。

「かわいそうに」

「え？」

「その歳でセックス依存症《いぞんしょう》だなんて大変だね。よければカウンセラーの友人を紹介するよ？」

「は？」

「大丈夫、結構評判いいし、秘密厳守《げんしゅ》だよ」

……なにこいつ。俺は今、さりげなく自慢したんだけど？　セックス依存症ってなんだよ。カウンセラーとかふざけんなよ。

唖然《あぜん》としている瞬介を見て、健はプッと噴き出し、ちょうど戻ってきた大竹と入れ代わりに化粧室へと立った。

一気に頭に血がのぼった。『プッ』ってなんだよ⁉　空気が読めないいんじゃなくて、完全にバカにしてるってことかよ。

その態度、絶対後悔させてやる。翔の兄弟だからって容赦《ようしゃ》はしない。

向かいの席に座った大竹を、ロックオンする。今まで四十九人を籠絡《ろうらく》してきた自信の笑みで、上目遣《うわめづか》いに見つめる。

「大竹さん、ミュージカルとか興味あります？」

もう少し時間があれば、手順を踏んで確実に落とすのだが、健がトイレから戻って来るまでにことを進めなければならない。間を省略して、由梨絵を誘い損ねたミュージカルのチケットを取り出した。

「わ、すごい！　これ、発売初日に完売したのよね？」

その稀少性《きしょうせい》を知っていてくれれば、話は早い。

「一緒に行きませんか？」

どうして私を？　彼女いるんじゃないの？　などなど、面倒なことを訊《き》かれた場合の返答を脳内で素早くシミュレーションする。

「いいの？　嬉しい！」

しかし大竹は単純にOKしてくれた。

「こっちこそ嬉しいな。あ、そうだ。大竹さん、通販でこういうの買ったりします？」

駄目押しにsweet angelの優待プリカを差し出す。

「うちの母親がやってる会社なんだけど、よかったら使って」

普段はナンパに親の会社の名前を使ったりしない。金目当ての女など釣《つ》り上《あ》げたら、面倒くさいので。

しかし今は確実に大竹を落としたいので、手段は選ばない。

案の定《じょう》、大竹は目を輝かせた。

「すごーい！　山下くん、sweet angel の御曹司《おんぞうし》なの？」

「御曹司ってそんな大袈裟《おおげさ》なものじゃないですけど」

年上女性を落としまくってきた笑みをみせ、メアドの交換を持ちかけようとしたとき、健が化粧室から戻ってくるのが見えた。

瞬介は携帯を引っ込め、素早く大竹に耳打ちする。

「チケット、二枚しかないので、一之瀬《いちのせ》さんには秘密にしてください」

女は秘密が大好きだ。案の定「わかったわ」と楽しげに笑う。

「当日、劇場のシートで待ち合わせってことで」

「ＯＫ」

戻ってきた健を交えて、再び何ごともなかったように三人で退屈な談笑に戻る。

毒にも薬にもならない話題を提供しながら、この男は腹の底では瞬介をやりこめたことを得意に思ったりしているのだろうか。

自分の女を寝とられることも知らずに。こみあげてくるニヤニヤ笑いを必死でこらえる。

由梨絵との別れで退屈を感じていた心が、俄《にわ》かに活気づく。

五十人目は大竹さん。今回も遊びで終わるのか、それとも案外、彼女が運命の相手なのだろうか。いずれにしろベッドの上で、下の名前を呼び捨てにする日も間近だと、瞬介はほくそ笑んだ。

# 4

約束の日、人のものを横取りする底意地の悪い喜びにウキウキしながら、瞬介《しゅんすけ》は劇場へと乗りこんだ。

座席に向かう前にトイレに立ち寄り、鏡の前でナルシスティックに自分の姿をチェックする。年上の女の好む服装は、大体押さえている。子供っぽ過ぎるのはもちろんNGだが、背伸びをして格好つけるのはもっといけない。身にまとうものの価値がその人間の価値を高め育てるというしのぶの持論にのっとって、瞬介のクロゼットは友人たちとはゼロの数が一つ違う値段の服で埋まっているが、一見して高価とわかるような野暮《やぼ》ったい服は一枚もない。

パッと見はごくカジュアル。だがシルエットや生地《きじ》の質感が、さりげない気品を醸《かも》し出《だ》す。

俺ってどうしてこんなにかっこいいんだろうと、鏡の前でしばし見惚《みと》れる。ただの自惚《うぬぼ》れではない。子供の頃から散々言われ続けてきたし、しのぶを介してタレント事務所やテレビ関係者から仕事の誘いを受けたことも数知れず。

しのぶは美人だが、瞬介とは顔立ちの系統が違う。多分瞬介は父親似なのだ。

父親って、どんな人だったんだろう。鏡の中の自分に問いかけて、すぐ我に返る。そんなことを考えてみても仕方がない。父親が誰なのかはしのぶにもわからないのだ。しのぶが関心を持たないことは、瞬介も興味を持たないことにしている。とりあえず俺はかっこいい。そんだけのこと。

化粧室をあとにして、ホールの中へと向かう。大竹《おおたけ》さん、おしゃれしてきてくれたかな。せっかくいい乳《ちち》をしてるんだから、胸元の開いた服だと嬉しいけど。

能天気な妄想《もうそう》を繰り広げながら、弾《はず》む足取りで通路の階段を下る。開演十分前のホールは、すでに八割方が着席していた。

チケットの席番号のシートに辿《たど》りついて、瞬介は眉《まゆ》をひそめた。大竹のシートで、男がパンフレットを眺《なが》めている。

再度確認のためにチケットに視線を落とすと、瞬介の気配を察してか男が顔をあげた。なんと健《けん》だった。

「やあ、こんにちは」

「一之瀬《いちのせ》さん？　こんなところで何してるんですか」

「大竹さんからチケットを譲《ゆず》られたんだ。彼女、一昨日《おととい》から急に博多《はかた》出張になっちゃって。山下《やました》くんによろしくって言ってたよ」

は？　なんだよそれ？　なんで俺が翔《しょう》の兄ちゃんと芝居を見なきゃなんないわけ？　大竹さ

んには「秘密にして」って言ったよな？　いや、だけどメアド交換してなかったから、ドタキャンの連絡をするのに仕方なく一之瀬さんに事情を話したのかも……。でも、だったら一之瀬さんが翔経由で連絡をくれたらいいことで、こんなサプライズみたいな登場をする必要なくね？

「通路に立ってたら邪魔になるよ」

ぐいっと腕をひかれ、健の隣のシートに半ば強引《なか》に座らされる。

「ミュージカルなんて初めてだ」

楽しげにパンフレットをめくりながら、健はさらっと続けた。

「いつの間に大竹さんを誘ってたの？」

横目で問いかけてくる視線に、意味深なものを感じる。

あー、なるほど。出張なんて嘘か。自分の彼女に手を出してきた男に釘《くぎ》を刺そうという、サプライズ形式の演出なのか。

「翔からも聞いてたけど、きみは本当に年上好きなんだね」

『俺の女に手を出すな』とストレートに来るのではなく、笑顔でのらりくらりと語りかけてくるこのやり方。初対面の印象で凡庸《ぼんよう》などとタカをくっていたが、案外曲者《くせもの》なのかも。

瞬介はやや身構えつつも、強気の笑みを取り繕《とつくろ》って応戦する。

「まあそうですね。同年代の女の子だと、色々な意味で物足りなくて」

言葉尻に不遜《ふそん》な卑猥《ひわい》さを漂《ただよ》わせてみる。

「年上好きってマザコンが多いっていうけど、本当なのかな」

しかしさっくり反撃されて、イラッとなる。こいつマジでムカつく。もう婉曲《えんきょく》な探り合いなど終わりだ。

「男のやきもちって、みっともないですよね」

「え？」

「自分の彼女に手を出されたからって、こんなとこまで乗りこんで、ネチネチぐだぐだ」

「ええと……」

「俺が誘ったとき、大竹さんはとてものり気でしたよ。あなたに満足してない証拠じゃないかな」

どうせセックスだって正常位でしかできないんだろう？　などと、脳内で下品に貶《おとし》めてみる。

いや、逆にこういう普通っぽい男に限って妙にねちっこくて変態じみていて、彼女にドン引かれている可能性もある。

一人で妄想を繰り広げる瞬介に、一之瀬はちょっと不思議そうな視線を向けてきた。

「なにか誤解があるようだけど、彼女はただの職場の同僚だよ」

「……え？」

「あの日は二人とも残業で遅くなったから、たまたま一緒に食事をしただけだよ」

嘘だと言い返したかったが、嘘をついている顔ではなかった。

あっけにとられる瞬介に、健は苦笑を浮かべた。

「もしかして、俺の彼女だっていう思い込みのもとに、誘いをかけたの？」

「………………」

「きれいな顔して、子供っぽいこと考えるなぁ」

健はおかしそうに笑う。

俄《にわ》かに顔が熱くなる。なにこれ。俺、超かっこ悪いじゃん。こういうのはさくっと寝とってぎゃふんと言わせてこそイケているのであって、二人の交際が思い違いだった上に、自分のやろうとしたことが相手にバレているというのは、あまりにばつが悪くてみっともない。

すべては瞬介の勘違いから発したことで、自分からかきにいった恥《はじ》だった。しかしその無駄に高い自尊心ゆえか、本人は自覚していない幼稚さゆえか、瞬介は決して反省したり落ち込んだりはしない。怒りの矛先《ほこさき》は恥をかかせた健に向かう。

席を蹴って帰ろうかと思ったものの、瞬介が留まったのは、ちょうど鳴り響いた開演のブザーのせいばかりではなかった。ここで逃げたらかっこ悪い負け犬だ。この男を絶対ぎゃふんと言わせてやる。

幕が上がっても瞬介の関心は舞台にはなく、どんな方法で健をやりこめるか、それはばかり考えていた。

不意に傍《かたわ》らにぬっと黒ずくめの人影が現れ、瞬介の肩に手をのせてきた。

「うわっ！」

瞬介は仰天《ぎょうてん》して悲鳴をあげ、隣の健の腕にしがみついた。

「大丈夫？」

笑いをこらえたような声で、健が訊《たず》ねてくる。見回せば会場のあちこちを黒い影が動いて、観客をわかせている。どうやら演出の一環らしいが、悪巧《わるだく》みに熱中していた瞬介はまるで気付いていなかった。

しがみついたせいで、思いがけず近距離から眺《なが》めることになった健の顔は、決して不細工系の凡庸さではなかった。むしろ一つ一つのパーツは精巧《せいこう》に整っている。凡庸に見えるのは、行儀よく整いすぎているせいだろうか。

「案外怖がりなんだね」

くすっと笑われて更にカチンときたが、そのカチンと同時にある名案がひらめいた。

瞬介は健の腕を更にぎゅっとつかみ、顔をすりよせた。

「……恥ずかしいけど、そうなんです。俺、実はこういうの苦手で」

ギリギリまで照明を落とした中、ゾンビのような役者たちが通路のあちこちで観客に悲鳴をあげさせている。

口先の演技だけなら見透かされたかもしれないが、先程の瞬介の驚き方がリアルだっただけに、健はそれをあっさり信じたようで、ふと柔和《にゅうわ》な表情になった。

「別に恥ずかしいことじゃないよ。誰にでも苦手なことはあるし」

「でも、かっこ悪いから、翔には言わないでください」

しおらしい演技を続けながら、ひしっと健にしがみつき続ける。秘密の共有は、愛を深めるスパイスになるはずだし、今までつきあった女たちも、瞬介があえて弱みを見せたり甘えたりすると喜んだものだ。

瞬介が思いついた作戦は、色仕掛けで健を籠絡《ろうらく》することだった。瞬介の美貌《びぼう》と四十九人切りの手管《てくだ》と親の財力にものをいわせて健をめろめろにして、瞬介の虜《とりこ》になりきったところで「誰が男なんか相手にするかよ」と手ひどく振ってやるのだ。

男とつきあったことなどもちろん一度もないし、その手の趣味もない。しかし言い寄られたことなら何度もあるから、自分の魅力は男にも通用するはずだと自信満々に考える。

バカげた思いつきに俄かに愉快《ゆかい》な気分になってきた瞬介は、渾身《こんしん》の演技を続ける。

「あの、また怖い場面があるかもしれないから、手を繋《つな》いでもらってもいいですか?」

上目遣《うわめづか》いに健を見上げて、反応を窺《うかが》う。いくら己《おのれ》の美貌に自信があるとはいえ、まったくこの手が通用しない相手なら、ほかの作戦を考えなくてはならない。

「いいよ」

健の反応はあっさりしたものだった。何のためらいもなくぎゅっと手を握られて、動揺したのはむしろ瞬介の方だ。

うわ、俺ってばなにドキドキしてるんだよ。手汗とかかいちゃったら洒落《しゃれ》になんないし。

さり気なく視線を逸《そ》らして舞台に気をとられるふりをしようとするものの、全神経が繋がれた手の方に集中してしまう。

骨ばって指の長い手をよく女性から褒《ほ》められる瞬介だが、握りしめてくる健の手はもっとがっしりして厚みのある大人の手だった。

四十九人の女と、のべ数百回のセックスをしてきた俺が、手を繋いだくらいでドキドキしてるってどういうことだよと更なる焦《あせ》りにとらわれながら、瞬介は必死でその理由を探す。

ドキドキといっても、色々な種類のドキドキがある。これは多分、嫌悪からくるドキドキだ。野郎と手を繋ぐなんてありえなく不本意な状況だから、嫌すぎてドキドキしているのだ。

だが、ここは我慢だ。その気になった一之瀬さんをぎゃふんと言わせる瞬間を夢見て耐えるんだ！

我慢と言いながら、初デートの女子中学生のように甘酸っぱくときめいている自分に、あえて気付かぬふりをした。

ミュージカルが終わると、外はもう薄暗くなっていた。興奮と満足感に包まれた観客たちの流れに交じって、劇場をあとにする。

「お茶でもどう？　この時間だったらごはんの方がいいかな」

健が軽く誘ってくる。

「お腹すいたかも」

まだ健の手の感触が残っている左手を無意識に閉じたり開いたりしながら、瞬介はわずかな媚《こ》びを含ませた声で答える。

大竹とならば、このあと母親が会員になっているホテルのレストランで食事をして、状況によってはそのまま部屋をとろうかなというシナリオを描いていたが、男相手にいきなりそのコースは無理があるだろう。

このあたりは瞬介が普段遊ぶテリトリーから遠く、不案内《ふあんない》だった。一方の健は勝手知ったるという感じで通りを逸《そ》れ、裏道へと瞬介をいざなう。

「この辺、詳《くわ》しいんですか?」

「詳しいってほどでもないけど、近くに取引先があって、何度か来たことがあるんだ。ここでいい?」

ここ、と示されても一瞬どこだかわからず面くらう。知らなければうっかり通り過ぎてしまいそうな間口の狭《せま》い洋食屋だった。

瞬介の一瞬の戸惑《とまど》いを、健が笑いながらからかってくる。

「御曹司的《おんぞうしてき》には星のついた高級店じゃないとお気に召《め》さない?」

こいつ、なんでこういちいち茶化してくるわけ? ホントにムカつく。

しかしそんな本心を押し隠して、にっこりと笑ってみせる。

「こういう隠れ家《が》みたいな店、大好きです」

本当は三ツ星より隠れ家よりマックが好きだけど、今は合わせておいてやる。いつかこいつが俺にメロメロになった時、思いっきりディスってやるさと、内心舌を出す。

店内は思いの外《ほか》ゆったりとして、居心地良くしつらえられていた。椅子やテーブル、メニューやウェイトレスの制服も、あか抜けないが品はいい。

「おすすめは何ですか?」

向かいでメニューを広げる健に、殊勝《しゅしょう》な顔で訊ねる。

「前に来たときはビーフシチューをご馳走《ちそう》になって、すごくおいしかったんだ。きっと、どれもおいしいと思うよ」

健の答えに、不本意ながら好感を持つ。母親がらみのつきあいで大人と食事をすることはよくあるが、訳知り顔で人の分まで勝手にオーダーをする相手にはいつも辟易《へきえき》する。逆に「どれも大した料理じゃないけど」などと謙遜顔《けんそんがお》で言ってみせる奴《ヤツ》らにもイラッとする。自分が作ったわけでもないのに何様だよと突っ込みたくなる。

健の控《ひか》えめなすすめに従って、ビーフシチューをオーダーし、料理を待つ間にも演技に力を注ぐ。

「舞台、面白《おもしろ》かったですね。ちょっと怖かったけど」

実のところまともに見てはいなかったのだが。

「本当に怖がりなんだね。手汗がすごかったよ」

指摘されて顔に血がのぼる。あの手汗は恐怖とは違う理由だったのだが、その理由をつきつめるのは危険な気がして、苦笑いでごまかして話を健の方に持っていく。

「一之瀬さんは普段舞台とか見るんですか？」

「いや、まったく。今日もうっかり寝ちゃったらどうしようかと思ってたけど、想像以上に面白かったよ」

あそこが、ここが、と健が楽しげに感想を語るのに適当な相槌《あいづち》を返しながら、声は結構いいよな、などと値踏みする。顔立ちだって、まあ悪くはない。服の趣味も、まあまあ普通。……ホントに普通なんだよなぁ。こんだけ上背《うわぜい》と肩幅《かたはば》があったら、俺ならもっと体型を際立たせるラインの服を選ぶけど。メガネだって、もうちょいスタイリッシュなやつにすれば、顔の印象もかなり変わるのに。モテたいとか思わないのだろうか。

とりとめなく舞台の感想を話しているうちに、料理が運ばれてきた。

健は自分がオーダーした蟹《かに》クリームコロッケをひとくち分切って、瞬介のライス皿の端にのせてくれた。

「味見」

「え？」

そのナチュラルな仕草に戸惑う。

「あ、蟹苦手だった?」

「いえ、そうじゃなくて。うちの親が食べ物のシェアとか嫌がるから、こういうの慣れてなくて」

わざわざそんなことを言うつもりはなかったが、するりと口にしていた。

「そうなんだ。上品なご家庭だなぁ。翔なんて、俺がオーダーしたものを何でもひとくち欲しがるけど」

上品下品の問題ではないと思う。しのぶはとても感覚的な人で、好き嫌いや良い悪いなどの主観をなんでもはっきり口にする。子供の頃、食事に行ってしのぶの皿の料理をひとくち食べてみたいと思ったことも度々《たびたび》あったけれど、しのぶの主義を知っているから決して言わなかった。淋《さび》しいなんて思わない。カリスマ的人気の占い師も、芸能界のご意見番も、各局でもてはやされるフリーのキャスターも、はっきりものを言う人間ほど成功している。

「食べかけじゃないから、大丈夫だよ」

瞬介の考えていることなど知る由《よし》もなく、健は的外れなことを言ってくる。

「いただきます」

瞬介はクリームコロッケを口に運んだ。さくさくの衣から熱々のとろりとしたクリームが溢《あふ》れだす。

「おいしい」

素直な感想が口をついた。

「ホント、おいしいね」

健もひとくち食べて笑顔になった。

ビーフシチューもとてもおいしくて、瞬介はごくナチュラルに健との食事と会話を楽しんでしまった。

食事を終えて席を立つ頃になって、本来の目的を思い出す。そうだ、俺はこの男をメロメロにしなきゃいけないんだった。

かわいい弟的な演出は、劇場の怖がり演技で十分だろうから、今度はもうちょっとかっこいいところを見せないと。

レジの前で、瞬介はさっとゴールドカードを取り出した。

「ここは俺が」

「すごいものを持ってるね」

健は目を丸くしたあと、カードを瞬介のポケットに滑《すべ》り込《こ》ませ、自ら財布を出してさくっと支払いを済ませてしまった。

「俺が出したかったのに」

店を出たところで抗議すると、健はからかうように笑った。

「自分で稼《かせ》げるようになったら、ご馳走してよ」

その子供扱いの口調にカチンとくる。ホントにいちいち癇《かん》に障《さわ》ることを言う男だ。

「ブルジョアのバカ息子って思ってるのかもしれませんけど、このカードはそういう意図で持たされてるわけじゃありません。学生のうちから自分で金銭管理ができるようにってことです」

「そうだとしても、俺がおごってもらうのはおかしいだろ。舞台は山下くんのおごりだったんだし」

つかそもそもあんたを誘ったわけじゃないんだけどね。

「あれは別に俺が買ったわけじゃないし」

「うん、お母さんの会社絡みだそうだね」

そう応じる健の声に、またもからかわれている気がするのは、思いすごしだろうか。カードも女の子を誘うチケットも親がかりかよ、と。

「まあ、いずれは俺の会社ですけど」

クスッという健の失笑を聞くまでもなく、我ながらかっこ悪い失言だったと、言ったとたんに激しく後悔した。

一刻も早く健をぎゃふんと言わせるために、まずは自分をかっこいいと思わせなくてはと、滑稽《こっけい》に胸を膨《ふく》らませるキジオライチョウの求愛行動のような虚勢を張ってしまった。

瞬介がイメージする健のメロメロ状態とは、健が瞬介に抱いて欲しいと切望する状況を意味する。男相手の恋愛経験などない瞬介にとっては、自分はあくまで抱く側としか考えられない。年齢的にも体格的にも健の方が明らかに上だが、そんなことは関係ない。一八〇超えのモデルとだって、何度も寝たことがある。ベッドに押し倒してしまえば、身長差など問題ではない。年齢は更にどうでもいいことだ。今までの四十九人だって、すべて年上だったのだから。

とはいえ、この場でかっこいいと思わせたり、イニシアチブをとったりするのは、どう考えても不可能そうな状況だった。

駅に向かって歩きながら、瞬介は作戦を変更して、劇場内で演じた弟キャラに戻る。

「あの、一之瀬さん」

ちょっと甘えた声で上目遣いに見上げると、健が「なに?」と柔和な視線を向けてきた。

「俺ってワガママで鼻につく金持ち息子って感じですか?」

いきなり殊勝になった瞬介を、少し不思議そうに見下ろしてくる。

「そんなことは……ないと言ったら嘘になるかな」

笑いだす健にまたカチンとくる。ホントにいちいち頭にくるよな。

「でも、そういうところがかわいくもある」

「え……」

さらっとつけたされた台詞《セリフ》に、俄かに顔が熱くなり、瞬介は内心焦りまくる。なに赤面してるんだよ。俺が欲している賛辞は「かわいい」じゃなくて「かっこいい」だろう。

しかしここは、「かわいい」から始めるのが無難かもしれない。そういうことにしておこう。

「あ、えっと、俺、一人っ子だし、父親もいないし、確かにちょっとワガママなところがあるかも」

上手《じょうず》に人を騙《だま》すコツは、嘘と真実を程よい配分で混ぜること。

「兄弟がいないから、ずっとお兄さんが欲しいなぁって思ってたんです。また時々、会ってくれませんか？」

ちょっと誘い方が唐突だったかなと思い、言葉を足す。

「翔と遊ぶときに混ぜてもらったりとか」

「うん、いつでも」

「ホント？　よかった。じゃ、近いうちにまた是非《ぜひ》」

人を陥《おとし》れる喜びに、瞬介はこっそりほくそえんだ。

# 5

休日のテーマパークは、平和な明るさと活気に満ちていた。植え込みの緑は青々として、地面に濃い影を落としている。

はっきりいって暑い。日が高すぎて木陰《こかげ》にならないベンチに座り、瞬介《しゅんすけ》は内心不平たらたらだった。見回せば人・人・人。混雑が更に暑さに拍車をかけている。

しのぶは人ごみがきらいで、ましてや遊園地で列に並ぶなど考えられないというタイプで、瞬介もそれに倣《なら》って列に並ぶという行為を軽蔑《けいべつ》していた。

その俺が、なんで休日にこんなところにいなくちゃならないんだよ。

「大丈夫?」

翔《しょう》が心配そうに顔を覗《のぞ》きこんでくる。先程乗った絶叫系の乗りものに悪酔《わるよ》いして、ベンチで休んでいるところだった。

「……ああ、なんとか」

「健《けん》ちゃん遅いね。売店も相当混んでるみたいだよね」

飲み物を買いに行った健の姿を探すように、翔が視線をさまよわせる。

「それにしても、俺が知らないところで山下《やました》と健ちゃんが仲良しになってるなんて、びっくりしたよ」

売店で買ったシャボン玉を飛ばしながら、翔が言う。

「だから、たまたまなんだって。一之瀬《いちのせ》さんの連れの女の方を誘ったのに、都合が悪いとかで一之瀬さんが来たんだよ」

「発端《ほったん》はそうでも、山下の方からまた会って欲しいって言ったんでしょ？　だから今日もこういうことになってるわけだし」

「……まあ、そうだけど」

正面切ってそう言われると、なんとなく居心地が悪い。好きこのんでそんなことを言ったわけじゃないのだと、真相をぶちまけたくなる。

だが、敵を欺《あざむ》くにはまず味方から。

この悪だくみが成功して翔の知るところとなれば、友情も終わりなんだろうな。

無邪気にシャボン玉を吹く翔を横目で眺《なが》める。

だからどうだっていうんだ。そもそもこいつは俺の性格を勝手に勘違いしてなついてきたのだ。そこからして間違っている。情なんてやっかいでこそあれ、何の役にも立たないものだと母親だってよく言ってるじゃないか。

取引先からもらったテーマパークのチケットがあるから一緒に行かないかと、翔経由で一之瀬から誘いをもらった時には、「テーマパーク」というところにちょっとげんなりした。それでも翔の言う通り、自分から『また会って』と告げたのだから、嬉しげなふりをしてやってきた。憎《にく》むべき行列に並び、半日かけて乗れたアトラクションは三つだけ。どれも内臓が飛び出すかと思うような絶叫系で、すっかり気持ちが悪くなってしまった。

「兄弟でよくこういうところに来るの？」

「最近はそうでもないけど、一緒に住んでた頃はしょっちゅう連れてきてもらったよ」

「ふうん」

傍《かたわ》らを小さな兄弟がおもちゃを奪いあいながら駆け抜けて行く。その騒がしさに眉《まゆ》をひそめつつ、ぼそっと訊《たず》ねる。

「兄弟って、どういう感じ？」

「どういうって？」

「ほら、俺は兄弟いないから、どんな感じなのかなと思って」

「んー、うちは八歳年が離れてるから、ケンカとかもしたことなくて、ひたすら甘えられて尊敬できる存在かな」

「尊敬してるの？　兄貴を？」

「うん。だって優しいいし、頭いいし、モテるし。俺と全然違うんだもん」

そんな話をしているところに、健が戻ってきた。

「山下くん、気分は大丈夫？　コーラでよかったかな」

「ありがとうございます」

「俺も構ってよ」

「はいはい、ほらオレンジジュース」

「えー、なんでオレンジ？　俺もコーラがいい」

「好きだろ、オレンジ」

「だからそれ大昔の話。マジでボケてるんじゃないの、健ちゃん」

尊敬してるとか言ったそばから、言いたい放題じゃん。翔の態度に、瞬介は内心ツッコミを入れる。

瞬介は尊敬する母親に対して、こんな軽口は叩けない。一見素気無《すげな》いような態度は、すべて母親の好みに合わせて演じているだけのこと。本心では母親の用意してくれたものならオレンジジュースどころか青汁だって泥水《どろみず》だって喜んで飲むし、母親の生き方も、容姿も、ファッションセンスも、すべてリスペクトしている。

文句を言いつつもオレンジジュースを一気飲みした翔は、身軽に椅子から立ち上がった。

「ゴーストハウスの待ち時間、どれくらいか見てくるね」

翔が駆けだし、二人きりになったベンチで、瞬介は兄弟話の続きを健に振ってみる。

「一之瀬さんと翔って仲いいですよね」

「まあ普通に。兄弟だからね」

「そういうの、テレビドラマの中だけの話だと思ってました。実際は兄弟とかウザがってる奴《ヤツ》多いし」

「うちは年が離れてるからかなぁ。翔は超未熟児でしばらく入院してたから、早く元気になって退院してきてくれって願ってて。そのときの気持ちのまま、今も構っちゃうんだよね」

「手のかかる弟に親がかかりっきりで、親の愛情かっさらわれたとか思わなかった？」

瞬介が訊《たず》ねると、健は目を丸くした。

「言われてみればそういう感じ方もアリだったんだよな。いや、まったく気付かなかったよ。もうちょっとごねときゃよかったかな」

羨《うらや》ましいほどの鈍感力《どんかんりょく》だ。

「山下くんはそういうタイプ？」

質問を切り返されて、ドキリとなる。

「俺は……一人っ子なので、そういうのとは無縁です」

しかし実際に弟妹がいたら、確実にそのタイプだったと思う。今だって母親の情夫たちにちょいちょいイラッとしているくらいだから。

「山下くん、実は遊園地とか苦手？」

さらなる問いかけにまた軽くうろたえる。そんなに露骨《ろこつ》にうざったそうな顔をしていただろうか。元々不快感は隠さない主義だが、今回は作戦の一環《いっかん》なので、つまらながっているのがバレてはまずい。

「そんなことないです。ただちょっと、絶叫系は苦手かなぁって」

ここはかわいこぶった演技に逃げる。

「普段はどんなことして遊んでるの？」

クラブで女を引っかけたり、ラブホで突っ込んだり。

「んー、どっちかっていうとインドア派な感じかな」

「そうか。遊園地は対極だね」

「でも、これはこれで楽しいです」

なんちゃってー。

とはいえ、百パーセント楽しくないわけでもなかった。子供たちの歓声や、空に飛ばされていくカラフルな風船や、芝生から香る緑の匂《にお》いは、ノスタルジックな気分を喚起《かんき》する。子供の頃には、こんな休日に憧れていたような気もする。実際は人ごみと待ち時間だけでうんざりだけど、この退屈こそが、平和と幸福の象徴《しょうちょう》でもあるのだろう。

翔がベンチに置いて行ったシャボン玉を吹いてみる。

健のそばにいると、なんだかだらっとして眠くなってくる。なんだろう、この怠惰《たいだ》な寛《くつろ》ぎ感《かん》。

つか寛いでいる場合じゃないんだけど。俺には一之瀬さんを陥《おとしい》れて嘲笑《あざわら》うという重大な任務があるんだからさ。

「あの、一之瀬さん」

瞬介は小首を傾《かし》げてかわいらしく健に微笑《ほほえ》みかけた。

「三人で出かけるのもすごく楽しいんですけど、もし嫌じゃなかったら、今度二人でも会ってもらえたりしませんか？」

「二人で？」

健がちょっと怪訝《けげん》そうに眉根《まゆね》を寄せる。

「あ、別に翔を邪魔者扱《あつか》いしてるわけじゃなくて。……っていうかしてるのかな。翔のことは大好きだけど、翔と一之瀬さんが仲良く兄弟してるのを見ると、ちょっと妬《や》けちゃうっていうか。あ、別に変な意味じゃなくて。俺もお兄ちゃんを独占したいなぁ、みたいな？」

おいおい、語尾あげちゃって俺ってばすげー演技派。我ながらウケるんだけど。

健は軽く微笑んだまま、無言で見つめてくる。後ろめたいところがあるせいで、もしや真意を見抜かれているのではとちょっと焦《あせ》る。

「すみません、気乗りしなかったらいいんです。考えてみれば変ですよね。弟の友達と遊ぶとか。そんなヒマあったら、彼女と出かけたりしたいですよね」

押してダメならすぐに引いて見せる。

「そういえば連絡先を交換してなかったよね」

健はポケットから携帯を取り出した。

「今度は直接誘うよ」

瞬介は内心で快哉《かいさい》を叫ぶ。ほら見ろ。男だろうが女だろうが、俺の誘いに落ちない奴なんていないって。

傲慢《ごうまん》に鼻を膨《ふく》らませながら、しかし携帯を触れ合わせる手のひらに汗がにじんで、胸がドキドキと高鳴った。

作戦が鮮やかに成功したからといって、こんなに興奮することないのにと自分の動悸《どうき》を失笑する瞬介は、そのドキドキの正体をまだ自覚できずにいた。

# 6

「うわ、すごいな」

　マンションに一歩足を踏み入れるなり、健《けん》は目を丸くした。

『気になってる映画のＤＶＤがあるんだけど、怖そうなので一緒に観てくれませんか？』

　先週遊園地でゲットした健のアドレスに弟キャラ的な誘いメールを送信して、健を自宅での
「デート」に誘うことに成功した。

　今夜しのぶは知人のホームパーティーに出かける予定なので、帰宅するとしても深夜を回る。自宅ならば、あわよくば今日のうちに誘惑に成功して、ぎゃふんと言わせることができるかもしれないと、瞬介《しゅんすけ》は前のめりに画策していた。

　仕事帰りの健はスーツ姿だった。このラグジュアリーな空間で、量販店のスーツとか超浮くよなぁなどと底意地の悪いことを考えて健を目で追うが、興味深げに室内を眺《なが》める健に気おくれした様子など微塵《みじん》もなく、安物のスーツが貧相に見えることもない。むしろ見慣れた家具の間に見慣れない男が立つと、その上背《うわぜい》の高さや肩幅《かたはば》の広さが目について、こんなにがっしりし

た男だっただろうかと、ちょっとドキッとしてしまう。

……なんだよ、ドキッて。

自分にツッコミを入れていたら、寝室からしのぶが出てきた。背中が大きく開いたドレスが、息子の目から見てもほれぼれするほど似合っている。

本当ならこの時間はすでにしのぶは出かけている前提で健を招いたのだが、鉢合《はちあ》わせたからといって何の問題もない。しのぶは息子の交友関係にまったく無関心なので、息子がどういう経緯《けいい》で年上の社会人を家に呼んだのかなど、気にも留めないはずだ。

「お客様だったの。いらっしゃい」

前髪をかきあげながらしのぶが微笑《ほほえ》みかけると、健は一瞬見惚《みと》れるように目を丸くした。

「お邪魔してます」

挨拶《あいさつ》を返す声が妙に華《はな》やいで聞こえて、なんとなく癇《かん》に障《さわ》る。なにそれ。俺には初対面の時からなんか失礼な感じだったくせに。四十三歳のおばさんでも女の方がいいのかよ。

苛立《いらだ》つ自分にハッとする。自慢の母親を、たとえ心の中でもそんなふうに蔑《さげす》んだことは今まで一度もなかったのに。

しのぶは笑顔を瞬介の方にスライドさせた。

「じゃあね」

「いってらっしゃい。ごゆっくり」

案の定《じょう》、母親は健との関係を訊《たず》ねることもせず、楽しげに出かけて行った。

「お母さん、こんな時間からどこに？」

その後ろ姿をうっとりと（瞬介にはそう見えた）眺《なが》めながら健が訊ねてくる。

「ホームパーティーだって」

「ホームパーティーって本当にやってる人いるんだな。都市伝説だと思ってたよ」

瞬介は怪訝《けげん》に健を見上げた。

「何言ってるの？　この前一之瀬《いちのせ》さんちでもやってたじゃん」

「え、うち？」

「うん。おでんパーティー」

健は楽しげに笑いだした。

「あれは普通の夕飯にたまたまきみが参加してただけだよ。面白《おもしろ》い子だなぁ、きみは」

面白い子扱《あつか》いにまたイラッとする。こいつ絶対ぎゃふんと言わせる。

しかしあれが普通の夕飯なのかと、ちょっとしたカルチャーショックを覚える。瞬介はパーティー以外であんなに賑《にぎ》やかに食事をしたことはなかった。

それにしても子供扱いにはいちいちイラつく。いつも飄々《ひょうひょう》としたその凡人面《ぼんじんづら》を、絶対動揺させてぎゃふんと言わせたいと思う。

「一之瀬さん、夕飯まででしょ？　ケータリングで何か頼もうかな」

「来る途中で適当に買ってきたから、一緒に食べよう」

健はビジネスバッグと一緒に提《さ》げていたデリのレジ袋を、ローテーブルの上に広げた。

肉じゃがやきんぴらなど、どう見てもこのリビングに不似合いなおかずがテーブルに並ぶ。

「じゃ、飲み物用意するね。何がいい？」

ホームバーの扉を開けて、ずらりと並んだ高価な酒を披露《ひろう》したが、

「そんな飲み慣れないものを飲んだら悪酔《わるよ》いしそうだな」

健は笑って、レジ袋の中からビールの半ダースケースを取り出し、瞬介にも勧めてくれる。

つまんない奴。来客は大体この酒の品ぞろえに目を輝かせて、ここぞとばかりに味見をしたがるのに。

一体どうすればこの男の関心を引いて、俺をかっこいいと思わせられるんだろう。

男相手はハードルが高いと、今頃気づく瞬介も相当間抜けである。多少線が細くても、年下でも、容姿のいい男というだけで人妻には容易《たやす》く乗っかれていたのに、同性相手には通じない。

金目のものでも釣れない。メロメロにさせなければぎゃふんと言わせることもできないじゃないか。

面白くない。どうやればぎゃふんと言わせられるんだろう。

ソファに座って健が買ってきた総菜をつつきつつ、あれこれと画策する。つかこの肉じゃが、結構おいしい。

「翔《しょう》とは、入学してすぐに仲良くなったんだってね」

「え？　あ、そうですね」

「翔がしょっちゅう言ってるよ。きみは窮地《きゅうち》を救ってくれた恩人だって」

窮地って、学食で硬貨一枚出しただけじゃん。

「大袈裟《おおげさ》だな」

「でも、翔はきみのことをすごくいい奴《ヤツ》だっていつも言ってるよ」

翔、翔って、ブラコンかよと、ちょっと面白くない気持ちになる。この間の遊園地でも、瞬介が水を向けたとはいえ、二人で喋《しゃべ》ったときの話題は翔のことに終始していた。

「実際に会ってみたら翔の言ってたのとは全然違ったでしょう」

露悪的《ろあくてき》に言ってみせると、健は微笑んだ。

「そんなことないよ。きみは翔から聞いていた通りの子だった」

柔和《にゅうわ》な瞳に見つめられ、わけもなくドキドキしてしまう。

「……そうですか？」

「うん。ヤリチンなところとか、まさに」

瞬介がビールにむせかえると、健は愉快《ゆかい》そうに笑った。

本当にこの男はなんでこういちいち癇に障るんだろう。

「ＤＶＤ観ましょうか」

健の笑いをぶった切るように、瞬介はソファの端においてあったレンタルビデオ店の袋に手をのばした。

「どっちがいいですか?」

一本は誘う口実に使ったアクションホラー映画だが、もう一本はAVだ。

健はますます笑い続ける。

「きみの好きな方で」

仕草も笑顔もすべてが俺をバカにしているとイラつきながら、瞬介はあえて『人妻蹂躙地獄《じゅうりんじごく》2』をデッキに突っ込んだ。

84型の大画面でいきなり始まったどエロい映像に、当の瞬介がビビってしまう。セックスの相手に不自由のない瞬介は普段はこの手のものの世話になることもなく、ましてやリビングの大型テレビで視聴したことなどなかった。

映画を借りにいったついでにこのえげつないDVDを選んだのは、ちょっとしたいたずら心だった。健が動揺するところを見てみたい。もしかしたら興奮して欲情して、俺に突っ込んで欲しいと思うかもしれない。そうしたらひどく突き放して嘲笑《あざわら》ってやれば、さぞや胸がすくだろうと思ったのだ。

予想に反して、健は「おーっ」などと感嘆《かんたん》の声をあげつつも、余裕の表情で肉じゃがをつついている。瞬介の方は、映像の下劣《げれつ》さに完全に箸《はし》が止まっていた。

「……食事時には向きませんね」

瞬介がぼそっと呟くと、健は噴き出した。本当によく笑う男だ。

「確かに食べながら楽しむ映像じゃないよね。1巻よりエグいし」

さらっと言われて目を瞠《みは》る。

「……って1を観たことあるんですか？」

「うん、前に職場の先輩が貸してくれて。人妻マニアなのに1は観てないの？」

「2しか置いてなかったので」

健が『人妻蹂躙地獄1』を一人で観賞しているところを想像して、瞬介はなんだか衝撃《しょうげき》を受けた。なにこいつ。凡庸《ぼんよう》で善良な友達の兄貴面《づら》して、普通にAVとか観るんだ。なんかムカつく。

自ら唆《そその》かそうとしているくせに、理不尽なツッコミを入れる瞬介も相当身勝手である。

いや、だけどそもそもAVってモテない男が世話になるツールだよな。俺より一之瀬さんが観慣れているのは当然か。

それにしてもえげつない映像だ。できれば止めたかったが、それは負けを意味するような気がする。

「相変わらずセックス依存症なの？」

明日の天気でも訊ねるような口調でさらっと訊《き》かれて、瞬介は再びビールを噴いた。

「だから別に依存症じゃありません」

「じゃ、人妻依存症？」

画面を目で示して、からかうように言う。

「1を観た人に言われたくないんですけど」

「先輩の趣味を押し付けられただけだよ。俺は普通にOLものとかの方が好きだな」

……訊いてねーよ、あんたの趣味嗜好《しこう》なんか。

何をどうやってもあっさり跳ね返されることに憤慨《ふんがい》しながら、瞬介は意地になってAVの視聴を続ける。

真紅の縄で縛《しば》られて喘《あえ》ぐ人妻を脳内で健に置き換えて蹂躙してやろうとするが、どうにもこうにも映像が当てはまらない。仕方がないので健の顔だけを脳裏に思い描いて、その顔が快楽に歪《ゆが》んでアホ面になるところを無理矢理想像してみる。

女たちは、瞬介が若さにまかせて腰を打ちつけると、ポメラニアンみたいにキャンキャン喘ぐ。時々うるさいと思うこともあるけれど、征服欲をそそられる声でもある。

健はどんな声で喘ぐんだろう。メガネの奥の温和な二重《ふたえ》の目が官能の陰《かげ》りを帯びたり、笑ってばかりの口元から倒錯的《とうさくてき》な哀願《あいがん》がこぼれおちたりするのだろうか。

「山下《やました》くん」

不意に低く甘い声で耳元に囁《ささや》かれて、瞬介は「ひゃっ」と悲鳴をあげ、ソファの上で身をのけぞらせた。

「どうしたの？」

健が驚いたように目を丸くする。

「ちょっ、ちょっと考えごとをしてたから、びっくりして……」

健の喘ぎ声を妄想していたところでいきなり本人に名前を呼ばれたせいで、頭が混乱していた。不意打ちの囁きは、心臓と腰にズキンときた。

「ＡＶ観ながら考えごとができるなんて、さすがヤリチン」

のどかにはやし立ててくる。瞬介はかれこれ百回目くらいのムカつきを覚える。

「……なにか用でしたか？」

「うん。やっぱり食事しながら『蹂躙地獄』はどうかと思うから、そっちの映画を観ない？」

健の方から提案してくれたのでホッとした。「そっちがそう言うなら仕方ない」「かったるいぜ」というような素振《そぶ》りで、ＤＶＤを入れ替える。

ソファが広いため、健との間にはナチュラルに一・五人分くらいの空間があった。

ここは是が非でも先程の不意打ちの借りを返さなければ。

映像に怯える素振りで瞬介はじりじりとその間合いを詰め、健にひたりと身を寄せた。

女をその気にさせるには、ボディタッチが有効だ。さり気なく髪に触れたり、手を握ったりしているうちに大概《たいがい》の女はその気になって、相手の方からベッドに誘ってきたりする。その手段は男にだって通じるはずだ。

念のため、事前に男に対するボディタッチの有効な部位をネットで下調べしておいた。髪や頭を撫《な》でられると弱い女子に対して、男は二の腕や膝に手を置かれるとクラッとくるらしい。

それを実行しようとしている時点で、自分が女子の立ち位置になっていることに気付いていないのが瞬介の抜けているところだ。

缶ビールを持った右腕を、ぴたっと健の二の腕に密着させる。更にテレビから絶叫が響き渡ったところで、思わずといった感じに身を捻《ひね》って、左手を健の膝についてみる。

……なんかちょっとやり過ぎ？　この体勢はあまりにも不自然か？

「怖いのに観たいの？」

頭の上からからかうような声が降ってきて、それと同時に左肩に健の腕がまわされた。

瞬介の不自然な演技とは裏腹に、肩を抱く健の手は実にナチュラルで手慣れた感じだった。

「かわいいね」

なにこいつ。毒にも薬にもならないような凡庸な顔してるくせに、なんでこんなに物慣れてるんだよ。

薄い夏のシャツごしに健の手のひらの温度が伝わってきて、俄《にわ》かに心臓がばくばくいいだす。

なんで俺がドキドキしてるんだよ、と焦《あせ》れば焦るほど、更に全身が熱くなっていく。

女の肩なら抱きなれているが、こんなふうに抱かれた経験はなく、まるで自分が頼りなくか

弱い存在になってしまったような心許《こころもと》なさを覚える。

逃げ出したい。しかし自分から仕掛けておいて逃げるなどプライドが許さない。

瞬介の手で不安定にぐらぐらしていた缶ビールを、健が右手でひょいととりあげてテーブルに置いた。

なにそれ、俺がいつもやってることじゃん。女の手から飲み物を取りあげたら、そのあとはキスして、押し倒して……って、もしかして、俺、今、押し倒されようとしてる？

全身から汗が噴き出す。動揺して何も考えられなくなる。ヤバい……ヤバい……。

「うーわ、今のはグロいな」

しかし健の口から発せられたのは、スプラッタ映像に対する能天気な感想だった。

かくっと身体の力が抜ける。

そうだよ、そりゃそうだよ。一之瀬さんは翔を構いなれてるから、年下の男の肩を抱いてテレビを観るとか、全然普通のことなんだよ。俺ってば何ビビってるわけ？　自分でウケるって。

だいたい、一之瀬さんは突っ込まれたい側なんだから、俺が押し倒されたりする心配なんてあるわけないじゃん。

誰も突っ込まれたいなどとは言っていないのに、もはや思考は支離滅裂《しりめつれつ》だった。それでも無理矢理納得すると、ドキドキも徐々に治まっていった。

力が抜けたら、健に凭《もた》れかかっているその体勢がなんだか楽で心地よく思えて、そのまま映画の続きを眺めた。一人だったら途中で退屈して中断しそうな内容だったが、健を相手にあれこれツッコミを入れながら観るのは案外楽しかった。

瞬介が当初の目的をすっかり失念していたことに気付いたのは、映画のエンドロールを眺めながら健がチラリと時計に目を落とした時だった。

普通の会社勤めなら、当然明日も仕事だろう。そろそろ帰宅したい時間に違いない。

折角《せっかく》自分のテリトリーまでおびき寄せておきながら、ぎゃふんと言わせるどころか普通に映画を楽しみ、しかも健との別れに名残惜《なごりお》しささえ感じている自分に、瞬介の方が逆にぎゃふんと言いそうになる。

健の手が肩から外れる前に、瞬介は自らその腕をかいくぐり、さも眠そうにあくびをしてみせた。それを見て、健が立ち上がる。

「そろそろ失礼しようかな」

相手が帰りたがったわけじゃない。俺が帰るように促《うなが》したのだという、せせこましい勝利感で、自尊心を辛《かろ》うじて保つ。

今夜は楽しかったけど、計画通りにはことは運ばなかったな。

健を玄関に送りながらつらつらとそんなことを思い、一瞬後にギョッとする。は？　楽しかったって何？　俺の目的はこの男をぎゃふんと言わせることだろう？　つかここからどうやって先に進めるんだよ。また俺から誘うわけ？　いい加減弟キャラを演じるのも限界なんだけど。

いったい何を餌《えさ》にすれば、一之瀬さんに俺のことを「かっこいい」って思わせられるんだろう。

その設定自体に無理があることにも、もはやぎゃふんと言わせることより健の気を引きたいという願望にとらわれていることにも気付かぬまま、瞬介は玄関先でぼんやり健を眺めていた。

「お母さん、留守が多いの？」

不意に訊ねられて、我に返る。

「え？……ああ、そうですね」

「淋《さみ》しい？」

思いがけない問いかけにきょとんとなる。

「淋しい？　地方から上京してきた学生はみんな独《ひと》り暮《ぐ》らしをしてる歳ですよ」

「まあそうだけどさ」

含みがありそうな視線に、もしかして今俺は淋しそうな顔をしていたのかとハッとする。

言われてみれば、確かにもの淋しさを感じている。……健が帰ってしまうことに対して。

急に落ちつかなくなる。演技ではなく素で淋しがっているなんてどうかしている。そんなことを悟られるくらいなら、まだ母親のことで淋しがっていると思われる方がましだ。

「いや、まあでも、男は幾《いく》つになってもマザコンだって言いますから」

ついつい変な補足をしてしまい、それを健にクスッと笑われたことで更に混乱する。何言ってんの、俺。マザコンとか言っちゃってますます「かっこいい」から乖離《かいり》していってるじゃん。

玄関扉のバーに手をかけ、健は笑いながら言った。

「今度はうちに遊びにおいでよ」

なにそれ。マザコンの淋しがり屋を、またあの賑やかなホームパーティーもどきでもてなしてくれようとでもいう上から目線？

「またおでんを作り過ぎた日に？」

瞬介がちょっと皮肉っぽく言うと、健は一瞬「え？」という顔になったあと、「ああ」と納得したように笑った。

「実家じゃなくて、俺の部屋だよ」

俄かに心拍数が上がる。

「え、いいの？　マジで？」

素で前のめりに確認し、そんな自分の興奮ぶりにうろたえる。

何はしゃいでるんだよ。いや、ほら、だからこれはあれだよ、俺が喜んでるのは、別に一之瀬さんの部屋に誘われたことじゃなくて、一之瀬さんが俺の魅力にやられて次の約束をとりつけようとしてることに対してだ。これでぎゃふんと言わせる作戦を続行できるというものだ。

なんだかんだと自分に言い訳しつつ、頭の中には花が咲いている瞬介だった。

# 7

「山下《やました》っていつもおしゃれだけど、今日はまたすごくかっこいいね」

教室で一緒になった翔《しょう》に声をかけられて、瞬介《しゅんすけ》は廊下側の窓ガラスに映《うつ》った自分の姿を横目で眺《なが》めた。

今日は健《けん》の家に遊びに行くので、服にも気合いを入れまくってきた。『弟の友達』ではなく、かっこいい男だと意識してもらうために、シックな感じに決めてみた。

いつもは相手に一方的に褒《ほ》められて終わりの瞬介だが、浮かれ気分が手伝って、珍しく翔の持ち物を褒め返す。

「それ、いい色じゃん」

今まで持っていたのとは色の違う携帯音楽プレイヤーが翔の胸ポケットで輝いている。調子が悪いと言っていたから、買い換えたのだろう。

「あ、これいいでしょ？　健ちゃんが買ってくれたんだ」

にこにこと返されて、急に面白《おもしろ》くない気分になった。

なんなんだよ、この兄弟。いい歳して仲良すぎるだろう。

「ブラコン」

「え？」

「おまえんちの兄弟仲の良さって異常だろ」

「えー、どこが？」

「この前実家で会って、そのあと遊園地で会って、それ買ってもらうのに会って、……ってちょいちょい会いすぎじゃね？　普通、別々に暮らす兄弟なんて、もっと疎遠《そえん》なもんだろ」

「そうかなぁ。普通だと思うけど」

「普通じゃねーよ」

普通か否《いな》かなんて、普段はそんな基準でものを考えたりしないのに、俺は一体何をカリカリしてるんだよ。

「なんでそんなに怒ってるんだよ」

翔も不思議そうにそこを突いてきた。

「あ、もしかしてヤキモチ？」

なんちゃってー、とおちゃらける翔の前で、瞬介はピタッと固まった。

ヤキモチ？　これはヤキモチなのか？　健と約束を取り付けることに血道《ちみち》をあげている瞬介とは違って、弟である翔はいつでも気楽に健に甘えられる。そのことに対してイライラしているのだろうか？

「……うそ、図星？」

今度は翔が固まる。

違うぞ、誰がヤキモチなんか！　と反論しようとするも、狼狽《ろうばい》し過ぎて咄嗟《とっさ》に言葉が出てこない。

「そうだよね、一人っ子だったら、兄弟欲しいとか思うことあるよね」

翔は勝手に斜《なな》め上方向に誤解し続ける。

「そういうの、俺もあるもん。俺も山下んとこみたいなお母さんが欲しいな、とか思っちゃうことあるし」

「……おまえはちゃんと母親がいるだろ」

「そうなんだけど、ほら、俺って遅くできた子供だから、親が結構歳いってるでしょ？　授業参観の時とか、若くてきれいなお母さんが密《ひそ》かに羨《うらや》ましかったな」

あ、うちの親に言わないでよ？　と慌てたように付け加える様子に、母親への気遣《きづか》いと愛情が滲《にじ》み出《で》ている。

自社の広告塔でもあるしのぶはメディアへの露出《ろしゅつ》も多く、友人はみんなしのぶの容貌《ようぼう》を知っているので、昔からこんなふうに羨ましがられることはよくあった。

実際のところ、しのぶは授業参観に来たことなど一度もないのだが。『仕事と家庭を両立する完璧《かんぺき》な母親像を演じて、偽善者ぶるつもりはまったくないわ』と、しのぶは常日頃《つね》言っている。そういう割り切りのよさも尊敬している。

「あ、ねえ、また今度健ちゃんと三人で遊ぼうよ。今度は水族館とかどう？　健ちゃんに車出してくれるように頼んでおくからさ」

おまえの知らないところで、俺はその健ちゃんと何度も会ってるんだぜ？　今夜だって健ちゃんの部屋にお呼ばれしちゃってるんだけど。

……ってだから翔に対抗意識燃やしてどうするんだよ。俺が一之瀬《いちのせ》さんに会うのはぎゃふんと言わせるためだろう？

朝、鏡の前で三十分も一人ファッションショーを演じてきたのもそのためだし、今晩のことを考えるとワクワクどきどきするのだって、ぎゃふんと言わせるのが楽しみだからだ！　絶対にそうだからな！

妙に必死に自分に言い聞かせながら、瞬介はガラスの反射を覗きこみつつ前髪の乱れを丁寧に指先で整えた。

健の住まいの最寄り駅が、待ち合わせ場所だった。

改札を抜けたところで、ガードレールに凭《もた》れて立っている健の姿が見えた。その目が瞬介を見つけて、大きく見開かれる。

「どうしたの？」

驚いたように問いかけてくる視線は、瞬介が抱《かか》えたバラの花束《はなたば》に注がれている。

「手土産《てみやげ》です。どうぞ」

何色にするか真剣に悩んだ挙げ句、赤一色でまとめたずっしりと重い花束を渡すと、健は面食らったようにそれを受け取った。

「……ありがとう。生まれて初めてもらったよ、こんなすごいもの」

そりゃそうだろう。いくらしたと思ってるんだよ。

同じ値段の贈り物なら、身につけることを強要するようなアクセサリーやバッグより、消えものの方が一層かっこいいというのがしのぶの美学で、瞬介も常にそれを心がけている。

健から事前に「飲み物や食べ物は用意するから、心配なく」と言われていたので、今回は花にしてみた。

一抱えもある真紅のバラの花束を目を丸くしてひとしきり眺めたあと、健はそれを瞬介の方に差し出してきた。つっかえされたのかと愕然《がくぜん》とする瞬介に、健がにこっと笑う。

「うちまで持ってもらってもいいかな」

「え？」

「きみが抱えてる方が絵になるから」

そりゃそうだろう。美しいもの同士の相乗効果は計り知れないからな。

瞬介が花束を受け取ると、健は一歩下がって瞬介を上から下まで眺めてくすっと笑う。

「こんなに花束が似合う男の子って、多分日本ではきみだけだろうな」

あ、いつものちょっと小馬鹿にしたモードか？　とイラッとしかけたが、

「きれいだね」

瞬介にとも花にともつかず、さらりと言われた一言に、なぜか急激に顔が熱くなった。

このところ、健に会うたびに自分で自分の反応が理解できなくなることがある。

「あの、一之瀬さんちってどっちですか？」

照れ隠しに、せかす口調になる。

「こっち」

笑顔で促《うなが》され、健と肩を並べて歩く。花束がゆらゆら揺れるたびに、酔《よ》っ払《ぱら》いそうな香気が立ち上る。

「ホント、似合うなぁ」

健は横目で瞬介を見て、また笑った。

「でも、高かっただろう？」

「……大したことないです」

「意外性があって嬉しい手土産だけど、次は手ぶらで来てよ」

なんだよ気に入らなかったのかよとムッとしたり、もう次の誘いかよと舞い上がったり、気持ちはふわふわ揺れ動く。

健の住まいは、駅から歩いて五分ほどの小さなマンションだった。

「狭苦《せまくる》しいところだけど、どうぞ」

謙遜《けんそん》でも何でもなくマジで狭いと、瞬介は玄関先で眉間《みけん》にシワを寄せる。薄暗い靴脱《くつぬ》ぎは、一人立つのが精いっぱいだ。

1DKの室内は、狭いなりに意外ときれいに片付いていた。物が少ないからきれいに見えるのかもしれない。テレビとローテーブル、そしてこぢんまりとした座り心地良さそうなソファが、部屋に置かれた家具のほぼすべてだ。

健は上着とネクタイをソファの背もたれに放ると、ワイシャツの袖《そで》をめくりながらキッチンカウンターの向こうに回った。

「急いで支度《したく》するから、テレビでも見てて？」

「え、一之瀬さんが作るの？」

「作るっていうほど大層なものじゃないけど」

なんだよ。だったら手土産は食べものにしたのにとブツブツ思いつつ、流しで手を洗う健をカウンター越しに眺める。シャツの襟元《えりもと》のボタンを一つ外して、肘《ひじ》まで袖をまくりあげたなんということはない姿が、ふと妙にかっこよく映る。初対面の時には、あれほど凡庸《ぼんよう》を絵にかいたような男と思ったのに、その普通っぽさが、なんだかとてもさまになっている。

「あ、山下くん」

「はい？」

「悪いけど、カーテン閉めてもらえる？」

言われて窓辺に向かう。外がすっかり暗くなったせいで、窓ガラスは漆黒《しっこく》の鏡になっていた。そこに映る花束を持った自分を見て、眉根《まゆね》を寄せる。なんだろう。すごく浮いている。さりげなく、それでいて隙《すき》なく決めてきた服なのに。ガラスに映った瞬介は、良く言えば雑誌のグラビアから抜け出してきたかのように華《はな》やかだが、この空間の中では、とってつけたような不自然さがあって、やや滑稽《こっけい》にすら見えた。

つまりこういうのを掃《は》き溜《だ》めに鶴っていうのだろうと、強引すぎるポジティブ思考で締めくくってカーテンを閉ざす。花束をテーブルに置いて振り返ると、再び健の姿が目に入る。ベーコンの塊《かたまり》を切り分ける腕に、さりげなく筋肉が隆起していて、思わずかっこいいなどと思ってしまう。

「なに？」

瞬介の視線に気付いて、健が目をあげる。

「面白《おもしろ》そうだから、見ててもいい？」

「いいよ。何ならこっちに回って手伝ってよ」

「え。俺料理とかムリ」

「レタスを洗ってちぎるだけだから。三歳児でもできるよ」

三歳児と同列に扱《あつか》われたことにムカッとしつつ、カウンターに回り、菜っ葉をちぎる。

健は別に包丁さばきが鮮やかだとか、手際がいいとか、そういうのとは違うが、料理を作り慣れているという感じがした。

「いつも自分で作ってるんですか?」

「いつもじゃないけど、まあ時間があればね。コンビニも飽《あ》きるし、毎日外食っていうのも不経済だし」

みみっちい。と以前なら思った気がするのに、自分の稼《かせ》いだ金で身の丈《たけ》に合った暮らしをしている男を、いいな、などと思ってしまう。

「一之瀬さん、モテるでしょう?」

「ありがとう」

鍋《なべ》にパスタを投入しながら、健はさらっと笑う。

なに調子にのってんだよ。今のは褒めたんじゃなくて、女関係の探りを入れただけだぞ。

心の中でツッコミを入れつつ、しかしこういうタイプは実はじわじわモテるんだろうなと思う。

飾らず、カッコつけず、がっついたところもなくて、適度に人当たりが良くて。

女は下心を垂《た》れ流《なが》して押してくる男より、こういう摑《つか》みどころのない大らかさに惹《ひ》かれるものだ。

「今、恋人とかいないの？」

更に突っ込んで質問すると、健は噴き出した。

「そんな相手がいたら、弟の友達を招いて夕飯をご馳走《ちそう》したりしないよ」

理由のわからない安堵《あんど》を覚える一方で、なんだかちょっとカチンとくる。なにそれ。俺を誘ったのは、彼女がいないからひまつぶし？　ふざけんなよ。俺は恋人のいる相手だってコマす自信と実績があるんだからな。恋人どころか夫のいる女を、これまで数え切れないほどアンアン言わせてきたんだから。

「もしかして、一之瀬さんって彼女いない歴が人生と同じ長さの人？」

悔しいので嫌味で応戦する。健はフライパンでにんにくとベーコンを炒《いた》めながら笑った。

「そうかもね」

その口調と表情だけで、そうではないことがわかって、無性に悔《くや》しくなる。

「ねえ、今まで何人とつきあった？」

「どうしてそんなことが訊《き》きたいの？」

どうしてかなんて、瞬介にだってわからない。だがなんとなく訊きだしたい。

「いいじゃん、別に減るもんじゃなし」

詰めよると、

「三人」

健は笑顔でさらっと言った。

うわっ、二十八年生きてきて三人としかやれてないの？　淋《さみ》しすぎる人生だな。などと失礼なことを思ったが、ここで嘲《あざけ》ったりしたらぎゃふんと言わせる計画がパーになるので黙っておく。

しかし健の方から苦笑いで突っ込んできた。

「なんだよ、その哀《あわ》れむような顔は」

「別に哀れとかそんなことないです。アラサーの未婚男性の四人に一人は童貞らしいですから。過去三人もつきあってるなら、立派なものだと思います」

「そういう上から目線のきみは何人だっけ？」

「ええと……四十九人くらいです」

断言するのは却《かえ》ってかっこ悪い気がして、あえて「くらい」とつけてみる。健はパスタの鍋にちぎったキャベツを投入しながらぷっと吹き出した。瞬介はまたまたカチンとくる。

「なにがおかしいんですか。俺が嘘ついてるとでも？」

「いやいや、嘘だなんて思ってないよ」

「じゃ、何？」

「いや、『くらい』ってつけるなら、普通はきりよく五十人くらいって言うかなぁと」

言われてみればそうかもしれない。

「それだけやってて、人数覚えてるのも凄《すご》いよね。さすがヤリチン」

三人より四十九人の方が絶対すごいはずなのに、健にそう言われると、いちいち人数をカウントしている自分が妙にダサく感じられてムカつく。

「そんなにヤリまくってて疲れない？　あ、精力増強に、にんにくをもうちょっと追加しておこうか？」

ほら、完全にバカにしてる。

「大丈夫です、若いから。つか最近全然ヤッてないし」

「そうなの？」

「もう一ヵ月くらい」

そういえば由梨絵《ゆりえ》と別れてから、誰とも寝ていない。とりあえず目の前の五十人目のターゲットをぎゃふんと言わせてからでないと、次に行けない。

「一ヵ月か。俺はもう一年くらいご無沙汰《ぶさた》だな」

「マジで？　信じられない」

「一般的にはきみのほうがよほど信じられないけどね」

喋《しゃべ》りながら健は冷凍ピザをオーブントースターに放りこみ、瞬介がちぎったレタスにチーズを散らしてドレッシングであえる。

茹《ゆ》で上《あ》がったパスタとキャベツをフライパンで煽《あお》ってペペロンチーノを仕上げると、あっという間にビールが進みそうな食卓が整った。

二人掛けのソファは男二人が座るには狭いからと、健は床に直座《じかずわ》りしようとしたが、瞬介は半《なか》ば強引に並んで座らせる。

今日こそ勝負をつけなければ。狭いソファで密着すれば、気分も盛り上がるというものだ。テレビを見ながら缶ビールで乾杯して、健の作ったパスタを味見する。

「ん、すげーうまい」

「ホント？　塩加減、大丈夫？」

「ちょうどいいです。キャベツとベーコン絶妙」

「きみの作ったサラダもおいしいよ」

「いや、俺、ちぎっただけなんで」

「そこがサラダの山場だから」

「じゃ、俺の初手料理ですね」

ふんぞり返ってみせたら、健はくすっと笑った。

「かわいいね」

ここでそういう言葉が返ってくるとは思わなかったので、動揺して顔が熱くなる。

つか「かわいい」じゃ困るんだけど。ぎゃふんへの第一歩として、「かっこいい」って思ってもらわないと。

動揺でビールのピッチも早くなる。冷蔵庫に二缶目を取りに行った健が、ふと思い出したようにドアのそばに置かれたビジネスバッグに手をのばした。

「そうだ、またDVD観る？　きみの家みたいに大きなテレビじゃなくて悪いけど」

健が鞄《かばん》から取り出したのは、『人妻蹂躙地獄《じゅうりんじごく》1』だった。

「きみが観たそうだったから、先輩に頼んでもう一回貸してもらったんだ」

今全然そういう気分じゃないんですけどと思いつつ、口元を笑みの形に歪《ゆが》める。

「……じゃ、あとで」

「うん、そうだね。食事が終わったらね」

ぎしっと健が隣に座り直すと、ソファのクッションがたわんで瞬介の身体が健の方に傾《かし》ぐ。

「あ、ごめんなさい」

肩がぶつかって、瞬介は慌てて体勢を立て直した。

「やっぱり狭くない？」

「いや、全然。俺くっついてるの好きだし」

そっちだって満更でもないだろ？　今日はセクシー系のムスクのフレグランスをつけてきたし、もうそろそろ俺にメロメロになってもいいんじゃないの？

「そういえばこの間も映画の間中くっついてたよね。山下くんって結構淋しがり屋さん?」

なに、淋しがり屋さんって。鳥肌立つんですけど。

そうなんです、俺ってばうさぎみたいに淋しがり屋なんですーとか言ったらまた「かわいい」って言うのかな?

しかし瞬介の使命は「かっこいい」と言わせることにある。うさぎは勘弁だ。

どうやったらかっこいいと思わせられるのかと思案するうちにまたビールが進み、ピザにのばした手が健と触れ合った動揺で更にビールをあおり、四缶目を空《から》にする頃には、瞬介はかなりできあがっていた。

眠くてとろけそうな目で、『人妻蹂躙地獄1』を観賞する。エロビデオはやっぱこれくらいのサイズの画面で観るのが適正だよななどと思いつつ、健が割ってくれた甘栗《あまぐり》をつまむ。

「山下くんの人妻好きって、マザコンと関係があるの?」

厚くて形のいい爪で栗を割りながら、健がのどかに訊《たず》ねてくる。

「勝手に人をマザコン呼ばわりしないでください」

「だってこの前自分で言ったじゃないか」

「そうでしたっけ?」

心地よく酔《よ》った頭で考える。そういえば言ったような気もする。あれはしかし、健のことで淋しがっていると思われるよりはマザコンだと思われる方がましだと思っただけで、本気でマザコンを主張したわけじゃないし……などとぐるぐる考えているうちに、思考が混濁《こんだく》してくる。

「ええとぉ、ご質問はなんでしたっけ？　俺が母親とファックしたいかって？」

「言ってないよ、そんなこと」

「いくら俺でも、自分の親とやりたいとは思いません。……でも、母親が男といちゃついてるのを見ると、なんかムカつくけど」

「ちょっとびっくりするほどきれいなお母さんだもんね」

「……そういえば一之瀬さん、母と会ったとき、めっちゃ見惚《みと》れてましたよね。好みのタイプだった？」

「違うよ。きみにそっくりで驚いたんだ」

疵一《きずひと》つなくきれいにつるりと剝《む》けた栗を、また一つ瞬介の手のひらにのせてくれる。

「似てるなんて言われたことないけど」

「似てるよ、すごく。じゃ、お父さんにはもっと似てるのかな」

「父親って知らないから。母ですら、俺が誰の子かわかってないし」

健は栗を剝く手を止めた。

「うちの母親、超ヤリマンだから。タネが誰のか特定できないんだって」

無言の健に、瞬介はへろへろ笑ってかぶりを振った。

「あ、誤解しないでくださいね。俺は母のそういうところ、尊敬してるから。セックスと愛を切り離してるところ。愛なんて信じてないところ。すげーかっこいいと思うし」

健は再び栗を剝き始めた。

なんだかひどく愉快《ゆかい》な気分で、喋ろうとしなくても、次から次へと言葉が唇から溢《あふ》れてくる。

「キャバ嬢だった母親が成功していくのを、俺はずっとそばで見てたんです。母はきれいで、強くて、すげーかっこいい女で、絶対情に流されたりしない。自分の美学を持っていて、常識になんて迎合しないんです」

テレビ画面の中では、人妻がわざとらしい嬌声《きょうせい》を響かせている。

瞬介は手のひらを出して、健に甘栗をねだった。

「カリスマ性のあるお母さんだよね」

「でしょ？　心底リスペクトしてるんです。俺もああいうふうになりたいなって思って」

「でもさ、それって矛盾《むじゅん》してない？」

「矛盾？」

「唯我独尊《ゆいがどくそん》のお母さんに憧《あこが》れて、その思想をそのまま真似てるだけなら、きみはただのコピーマシンで、お母さんとは対極の生き方を選んでるってことになるけど」

健の指摘に、瞬介は一瞬言葉に詰まる。

「……別にただまるっと真似してるわけじゃないですよ。俺は俺で、ちゃんと取捨選択してます」

「取捨選択の末のヤリチン？」

「愛が幻想だっていう考え方は正しいと思うので」

「でも、世の中には死ぬまで一人の相手との愛を貫く夫婦だってたくさんいるじゃないか」

「そんなの世間体を取《と》り繕《つくろ》ってるだけですよ。まあ、家族愛的なものなら俺だって信じなくはないけど、恋愛感情的なものは、みんな一過性に決まってます」

「そうかな。俺は運命の相手を信じたいし、その一人を大切にしたいタイプだけどね」

いい歳をした男が何を言ってやがると嘲笑《ちょうしょう》する思いと、胸の底が焼けるような息苦しさが相半《あいなか》ばする。

健は本当に、これと決めた相手を大切にしそうな気がする。初対面の時に『ジャンル・母親』の女と結婚して凡庸な家庭を築くのだろうなどとバカにした調子で思ったが、今はその未来の相手に羨望《せんぼう》を覚えた。

「それって、俺みたいな人間を否定する言葉ですよね」

自分でもそうと気づかずヒステリックな声が出て、健がちょっとびっくりした顔になる。

「母は俺の父親が誰かも知らない。そんなこと、どうでもいいと思ってる。つまり俺は母にとってはどうでもいいような男の子供で、俺の存在自体どうでもいいってことですよね」

「それは飛躍《ひやく》しすぎだよ」

「……昔から不安でした。母にとって俺は邪魔者なんじゃないかって。情に薄い母は、そのうち俺のこともいらなくなるんじゃないかって」

飲み過ぎをふと自覚する。俺は何を言っているのだろう。そんなこと、意識して考えたことは一度もなかったのに。

「捨てられたくなかったんです。俺には母しかいないから」

なに惨《みじ》めったらしいこと言ってるんだよ。これって本当に俺なのか？

「だから、母の気に入るような自分でいたかった。傲慢《ごうまん》で、不遜《ふそん》で、愛なんか信じないドライな息子。案の定《じょう》、今のところはうまくいっているみたいです」

視界が揺れる。テレビの中では、身体のラインがたるんだ女優が、アンアン言い続けている。

「母とイチャついてる男を片っ端からぶん殴りたくなるとか、授業参観に来て欲しかったとか、抱きしめて欲しいとか、思っても絶対言わないようにしてきたし、こんな高いシャツ欲しくもないけど、こういう金の使い方すると母が喜ぶから無理して着てるし」

瞬介はこの部屋の中で妙に浮いてみえるシャツを、健の静止もきかずに無造作に脱《ぬ》ぎ棄《す》て、床に放った。袖がビールの缶に引っ掛かって床に落ち、泡立った液体がシャツを汚していく。

健が慌てて缶を拾い上げる。それを見降ろしながら、頭がふわふわして、妙に気分がよかった。

「母の人生の成功の中で、俺だけが唯一《ゆいいつ》の失敗だったんじゃないかな。子供なんて、絶対作る気なかっただろうし」

「お母さんのことが、大好きなんだね」

健が陳腐な言葉を投げてくる。

瞬介はへらへら笑って開き直ってみせた。

「大好きですよ。悪いですか」

「二十年も心変わりせずにお母さんを好きでいられたんだから、きみだって本当は普通の恋愛ができるはずだよ」

シャツと缶を回収してソファに戻ると、健は瞬介の肩に手を回して、ポンポンと叩いた。

説教でも始まるのかと、瞬介は酔った頭でちょっと身構える。きみが悪いんじゃない、悪いのはきみのお母さんだ、とか、母を非難するようなことを一言でも言おうものなら、頭突きで鼻の骨を折ってやるなどと穏便でないことを考える。

「お母さんも、きみのことが大好きなんだと思うよ」

しかし健がまったく違うことを言い出したので、瞬介は拍子抜けした。

「なにそれ。カウンセラー気取り？」

「お母さんの性格を聞く限りでは、望まない子供をなりゆきで仕方なく産んだりしない人だと思う。妊娠《にんしん》は予定外のものだったとしても、きみを産んだのはお母さんの意志でしょう」

言われてみれば確かにそうだ。産まないという選択だってあったのだ。

「お母さんはきみのことが大好きだから、きみが生きたいように生きても、きみを疎《うと》んじたりしないと思うよ」

何を根拠《こんきょ》にそんな無責任なことを、と思う。しかし不思議と、その言葉は瞬介の胸にしっくりとしみ込んだ。

「無理にヤリチンを演じなくてもいいんじゃないかな」

からかうような健の声にはやっぱりムッとして、つんつんと言い返してしまう。

「うるさいな。俺は好きでやりまくってるんです」

口調は尖《とが》っているものの、抱かれた肩はあたたかく、ほんのりと心地よい眠気に誘われる。

「でも、五十人目は運命の相手だったらいいなって、ちょっと思ったりもしてるんだ」

そう思っただけなのか、口に出したのか判然としないまま、淫《みだ》らな人妻の喘《あえ》ぎを子守唄がわりに、瞬介はそのままソファで眠りにおちた。


目を覚ましたのはソファではなく、ベッドの上だった。水色のカーテンの外はすでに薄明るく、通りを走り過ぎる車の音と振動が微かに空気を揺らす。室内は静まり返っていた。

ベッドからガバッと身を起こし、開けっぱなしのドアからダイニングに三歩ほどで飛び込む。きちんと片付いたローテーブルの上に、耳付きの食パンにハムとトマトを挟《はさ》んだダイナミックなサンドイッチとメモが残されていた。

『よく寝ていたので、起こさずに出社します。また遊ぼう』

走り書きのメモの横に、鍵《かぎ》が置かれていた。

瞬介はメモと鍵を交互に眺め、自分が身にまとったサイズの合わないダンガリーシャツを見下ろし、ベッドを振り返った。

やけくそになって脱いだシャツがビールで濡れてしまったので、健がこれを着せてくれたのだろう。そのあと自分を担《かつ》いで寝室まで運んでくれたのだ。

健はどうやって自分を運んだのだろうか。手荒に肩に担ぎあげられたりしたらさすがに目を覚ましただろうから、そっと姫抱っこしてくれたのかもしれない。親指の付け根まで覆《おお》うシャツを身にまとってそんな想像をすると、自分がまるで女の子のように扱《あつか》われたことへの憤《いきどお》りで、みぞおちのあたりがカーッと焼けるように熱くなる。

……いや、これは憤りだろうか？

瞬介はみぞおちから胸へとさすりながら自問する。憤りってこんなに胸がきゅんとするものだっけ？　こんなに顔が熱くなるものだっけ？

俄《にわ》かに居たたまれなくなって、瞬介は鍵をつかんで玄関に向かった。靴《くつ》を履《は》きかけて一旦《いったん》テーブルに引き返し、メモとサンドイッチをつかむと、今度こそドアの外に出た。鍵をドアのポストに押し込んで、逃げるように日差しのもとへと歩き出す。

考えまいと思っても、健の姿が脳裏を過《よぎ》る。慣れた仕草でフライパンを振る姿や、甘栗を割る器用な指先。肩を抱くあたたかい腕。

ぎゃふんと言わせるはずだったのに。

かっこいいと思わせるはずだったのに。

気付けば、瞬介の方が健をかっこいいと思ってしまっている。ぎゃふんと言わされている。

昨夜、特別ななにかがあったというわけじゃない。昨夜どころか出会ってから今まで、何も特別なことなんて起きてはいない。

なのにいつの間にか、健をかっこいいなどと思ってしまっている自分に、瞬介は激しく混乱した。

どうしよう。五十人目のターゲットは、冗談じゃなくて運命の相手だったのだろうか。

落とすつもりが、落とされているなんて。向こうが瞬介のことをかっこいいと思ってくれていないのは明確だ。生まれて初めての片思いだ。かっこ悪すぎる。

# 8

「相変わらず乱暴ね」

一方的に行き果てて脱力した瞬介《しゅんすけ》を、「もう」と呆《あき》れたように失笑しながら、由梨絵《ゆりえ》はやさしく抱きしめてきた。

「久しぶりだったから、興奮した」

息を弾《はず》ませながら、瞬介は言った。本当に久しぶりのセックスだった。十五で童貞を捨てて以来、一ヵ月以上やらなかったのは初めてのことだ。

「まさか瞬ちゃんからまた連絡がくるなんて思わなかったわ」

「迷惑だった？」

「嬉しかったわよ。瞬ちゃん、もっとドライなタイプだと思ってたから」

実際まさにそういうタイプだ。別れを切り出してきた女に自分から連絡を取るなんて、今まで一度もしたことがなかった。

最近俺はどうかしているのだと、やわらかな乳房《ちぶさ》の狭間《はざま》に顔を埋《うず》めながら考える。

健《けん》の部屋から朝帰りした日、衝動的《しょうどうてき》に持ち帰ったメモとサンドイッチをネタに、抜いてしまった。

メモにペンを走らせる健の指や、サンドイッチを作る手の動きを想像するうちにムラムラしてきて、我慢できなくなってしまったのだ。

健の名前を呟きながら行き果てたあと、瞬介は自己嫌悪で呆然《ぼうぜん》とした。

ぎゃふんと言わせるはずの男を想像しながらオナるとか、最低最悪過ぎる。

自分が男に、しかも健に恋をしているなどと認めることが、瞬介にはどうしてもできなかった。

酔《よ》ってついもらした気弱な発言の数々を、自分の本音だとは思いたくなかったし、一人の相手にうつつを抜かすのは間抜けな人間がすることだという母親からの刷り込みは、一夜にして消えるものではなかった。

多分、禁欲生活が長すぎて溜まっているのだと、瞬介は強引に結論づけた。そうだ、そうに決まっている。それでなければ、サンドイッチでオナニーなんかできるわけがない。

ここは一発やって発散すべきだ。

しかし、新しい女を物色する気力がなかった。そんな自分に更に不安と焦《あせ》りを覚えて、気が付いたら由梨絵にメールしていた。

由梨絵との久しぶりのセックスは気持ち良かったし、すっきりもした。けれど最中に、俺が聞きたいのはこんな甲高《かんだか》い声じゃないとか、触りたいのはこんなやわらかい身体じゃないとか思ってしまったのも事実だった。

「でもね、残念だけどこれで本当に最後にして。来週旦那が帰国するの」

別れを切り出された女から、更に最後通牒《つうちょう》を突きつけられる。瞬介の女性遍歴《へんれき》史上、こんなみっともない経験は初めてだった。

脂肪《しぼう》の狭間で静かに落ち込んでいると、由梨絵が髪を撫《な》でてきた。

「どうしたの？　瞬ちゃん、今日は元気ないね」

しかも自分を捨てようとしている女に気遣《きづか》われるとか。俺史上最低のダメさ加減じゃないか。

身体はすっきりしたはずなのに、頭の中には発散しきれないもやもやがわだかまっている。

「……二十八歳で、三人としか経験のない男ってどう思う？」

ひとりごとともつかない呟きが瞬介の唇からこぼれた。

そうだよ、俺は四十九人もやりまくってきたのに、一之瀬《いちのせ》さんはたった三人とかいうしょぼさで、見た目だって全然普通だし、そんな男に俺が振りまわされるとか、ありえなくない？

「んー、まあ普通じゃない？」

「……普通かな。俺が女だったら、そんな経験乏しくてHの下手《へた》そうな男なんてイヤだけど」

健を貶《おとし》めれば、このフラフラと足場の心許《こころもと》ない感じが落ち着くような気がして、露悪的《ろあくてき》に吐き捨てる。

髪を撫でながら、由梨絵はくすくす笑った。

「ねえ、ヤリチンほど下手だって知ってた？」

「え？」

「一夜限りの相手なら、女の子は適当にいったふりをするでしょ。そんなことを繰り返していても、全然上達しないのよ」

「……そうなんだ」

「一人の相手とじっくりつきあって、相手の気持ちを思いやりながら身体を重ねるうちに、テクニックも磨《みが》かれるんだって」

つまり健はその三人とじっくりつきあったのだろうか。料理を作ってやったり、肩を抱いて映画を見たり、何度もセックスして、相手のいいところを覚えて……。

健が、知らない女の子にやさしく接しているところを想像したら、殺意に近いほどの憎悪《ぞうお》がこみあげてきて、激しく動揺した。

なにこれ。なんだよ、これ。こんな感情は知らない。

嫌な妄想《もうそう》から抜けだしたくて、あえて目の前の自虐《じぎゃく》ネタに目を向ける。

「俺って下手だった？」

由梨絵はまたくすくす笑う。

「瞬ちゃんは若くてかっこいいから、それだけでなんでもOKだよ」

……つまり下手だったということか。

四十九人切りまくったという武勇伝の裏側で、四十九人の女が「下手くそね」と笑っていたのか。

今までの自信に、静かに亀裂が入って行く。


由梨絵と別れて帰宅してからも、もやもやした感情は瞬介を包んで離れなかった。

リビングの豪奢《ごうしゃ》なソファに脚を投げ出して寝転び、健のメモをかざし見る。

こんなメモ用紙一枚を捨てずに毎日眺《なが》めている俺って何なのだろう。

メールとは違う、手書きの文字にはなにかがあると思う。

無性に健に会いたいような、もう二度と会いたくないような、会ったらなにかおかしなことをしでかしそうな不安に襲われる。

恋なんかじゃない。こんな不安で落ち着かなくてわけのわからない気持ちが恋などであるはずがないし、そもそも健に恋する理由も見当たらない。

同性で、全然パッとしなくて、三人しか女性経験がなくて、でも時々なんだかかっこよく見えて、意外に料理上手《じょうず》で、一緒にいるとふわふわ楽しくて、くっついていると気持ちよくて、もっと触って欲しくて……。

悪口を並べ立てるつもりが、妙な願望を羅列《られつ》している自分に気付いてハッとする。

違う、好きじゃない、そもそも恋愛感情なんて幻想だってわかってるだろう？　異性にときめくのは種の保存のための本能的な発情システムだし、セックス相手なんてオナグッズみたいなものだし、……いや、だから俺は「下手くそ」とか思われちゃうのか？　つかそもそも一之瀬さんは異性ですらないし。

「どうしたの？」

ソファでもだもだしていたところにいきなり声をかけられて、心臓が口から飛び出しそうになる。

いつの間に帰ってきたのか、しのぶが物珍しそうに瞬介を見下ろしていた。

「あ……えと、腰痛に効くらしいよ、こうやってゴロゴロすると」

わけのわからないごまかしかたをして、ソファの上で右に左に身体を揺らす。

「二十歳で腰痛？」

「腰、使いすぎたかな」

いつものようにさばけた母子の会話へと続ける。しのぶはぷるぷるの唇に失笑を浮かべた。

「ほどほどになさいよ」

「お互いにね」

「それ、なあに？」

瞬介が大事そうに捧《ささ》げ持《も》つメモに、しのぶが視線を送ってくる。

「別に。ただの紙切れ」

瞬介はメモをポケットに押し込んだ。

しのぶは外出着のままソファに腰をおろし、テレビをつけた。

「明日、雨降るのかしらね。この前買ったサンダル、おろしたいんだけど」

天気予報を探してザッピングするしのぶの横顔を見上げながら、瞬介はぼそっと呟いた。

「ねえ、もし俺が運命の相手に出会ったって言ったら、どうする？」

しのぶはリモコンを操作する動きを止めて、瞬介を振り返った。

「まあ、すごい。あなたでもそんな幻想にとらわれることがあるの？」

幻想。そうだよな、やっぱ幻想だよな。

「そんなくだらないことを言い出す息子ってバカだと思う？」

冗談口調で訊《たず》ねながら、少しどきどきした。

しのぶは魔女の爪《つめ》で前髪をかきあげて、目を瞬《しばたた》いた。

「あなたにそんな幻想を信じる無邪気さがあったなんて、むしろ尊敬するわ。今度紹介して」

軽蔑《けいべつ》でも呆れでもなく、純粋《じゅんすい》に驚いているような表情に、拍子抜けした。

無意識にポケットの中のメモを探りながら、瞬介はまたぼそぼそと呟く。

「もういっこ、訊《き》いてもいい？」

「なあに?」

「嫌いな相手をぎゃふんと言わせるには、どうしたらいいと思う?」

そう、恋なんかじゃない。一之瀬さんの第一印象は全然良くなかった。だから頭にきてぎゃふんと言わせようと思ったのだ。恋でなんかあるはずがない。嫌いだから、お手製のサンドイッチをズリネタにするような侮辱的《ぶじょくてき》行為ができるのだ。そうだ、そうに決まっている。ゼロからここまでのし上がってきたしのぶなら、嫌いな相手をぎゃふんと言わせる方策など山のように持っていることだろう。

しかししのぶから返ってきた答えは意外なものだった。

「わからないわ。人を嫌いになったことがないから」

瞬介はびっくりしてしのぶを見つめ返した。

「冗談でしょ? だってさ、ほら、たとえば、嫌いになるから次々男と別れるんじゃないの?」

「やだ、好きの反対は無関心って、常識でしょう?」

「え、……っと」

「嫌いっていうのは、すごーく関心があるってことだもの。嫌いと好きは同義語よ」

瞬介は言葉を失った。

嫌いだって思っても好きだってこと? そんなの困る。そんなの怖い。

「どうしたの? 今日は変ね」

長い爪の先で、瞬介の額をつついてくる。

「……二十年親子をやってても、知らないことがあるんだなと思って」

瞬介がしみじみ言うと、しのぶは笑いだした。その手が、瞬介の顔を抱き寄せる。

「ホントね。二十年一緒にいても、いまだに自分の息子はかわいいなぁって思ったりね」

魔女の手のひらは意外にあたたかかった。健が言っていたように、案外自分は愛されているのかもしれないと思うほどに。

# 9

もう終わりにしたい。三日三晩考えて、瞬介《しゅんすけ》は思った。

恋なんかじゃない。絶対ないと思いたい。しかし嫌いと好きが同義語だというなら、嫌いだと思う気持ちすら恋なのかもしれない。

じゃ、もう面倒くさいから、恋だということにしてやってもいい。

仮に恋だとしても、成就《じょうじゅ》する見込みはない。健《けん》は瞬介のことを「かわいい」とは言ってくれても「かっこいい」と言ってくれたことは一度もないのだから。

自分で勝手に運命の相手だと思っても、相手がなびかないのでは独り相撲《ひとずもう》だ。そんな格好悪い役目はごめんだ。

成就しない想いなら、完膚《かんぷ》なきまでに叩きのめすほかない。当初の予定通り、健をぎゃふんと言わせて、すべてを終わらせるのだ。

相手が自分になびかない以上、悩殺してぎゃふん作戦は無理だから、別の手を考えなければならない。健をモノにできないなら、健の大切なものを傷つけて、ぎゃふんと言わせるのだ。

瞬介は、新しいターゲットを翔《しょう》に定めた。健の大切な弟を酔《よ》いつぶして、ヤッてやる。それを写メって健に送りつければ、健は深く傷つくだろう。もしくは怒り狂うだろう。

常人には理解できない思考回路である。まるでストーカーのような異常さだ。

しかし瞬介には、もはや自分の気持ちをどう処理すればいいのかわからなかった。

女性経験は豊富でも、恋愛経験は皆無だった。常《つね》に下半身優先で、心で恋愛を考えたことがなかった。

持て余す想いは瞬介には苦しすぎて、フェードアウトもできない。自分で完膚なきまでに叩きつぶさなければ、どうにかなってしまう。

作戦が成功すれば、健はもちろん、翔との関係も終わる。別に構わない。こちらから望んで友達になったわけでもない。向こうが勝手に勘違いしてなついてきただけのことだ。失《な》くして痛い相手でもない。

一刻も早く作戦を実行して、何もかもをぶち壊してすっきりしたかった。

チャンスは、思いがけず早々に巡《めぐ》ってきた。

「ねえねえ、今、うちの両親が法事で帰省してて留守なんだけど、今晩泊まりにこない？」

昼休みの学食で、翔から誘われた。

「マジで？　行く行く！」

前のめりに答えてから、いやしかしと思う。

「あー、でも準備してなかったな」

ぼそっとひとりごちる。まさか今日こんな展開になるとは思っていなかったから、潤滑剤《じゅんかつざい》とかゴムとか、用意して来なかった。

「いいじゃん、別に準備なんて。俺の下着とジャージ、貸してあげるよ」

あーあ、何も知らずにかわいそうに。

潔癖《けっぺき》だからそういうのは無理というのを口実に、ファミレスで夕食を食べたあとコンビニに寄り、下着を買いがてら翔の目を盗んで、ささっとゴムを購入した。

「折角《せっかく》の帰省だから、ついでに旅行してくるとか言って、三日も留守なんだよ」

家に着くとあちこちの灯《あか》りをつけながら、翔が不服そうに言う。

「よかったじゃん、留守中好き勝手できて」

「よくないよ。一人とか静かすぎて怖いもん。昨夜もよく眠れなかったし」

「いい歳してなにアホなこと言ってるんだよ。おまえ社会人になっても親と一緒に住むのかよ」

「うん。それか健ちゃんのとこに転がり込む」

チリッと胸の底が痛む。兄弟だというだけで、翔はいくらでも好きなだけ健と一緒にいられるのだ。

的外れな自分の嫉妬《しっと》に嫌気がさして、瞬介は「うー」とうめきながら頭を振った。

「山下《やました》？　どうしたの？」

珍しい煩悶《はんもん》ぶりに翔が怪訝《けげん》そうに覗《のぞ》き込《こ》んでくる。

「……なんでもない。とりあえず飲もうよ」

座卓の上にコンビニで買った缶ビールとチューハイを並べる。

「あ、じゃ俺はコーラ」

冷蔵庫に向かおうとする翔を、瞬介は引っ張って引きとめた。

「いいからつきあえよ。ほら、これとかフルーティーでめっちゃ飲みやすいから」

「えー、でも俺マジで酒弱いし」

だから飲ませようとしてるんだって。

「一緒に飲もうよ。あのさ、ちょっと相談したいことがあるんだけど、シラフじゃとてもできない相談だからさ」

思い付きで適当なことを言うと、翔は浮かしていた腰をストンとおろして、物珍しげに瞬介を見つめてきた。

「え、どうしたの？　山下が俺に相談とかって初めてじゃない？　なになに？」

「とりあえず飲もう」

強引に缶チューハイのプルタブを起こして押し付ける。

「わかった。なんでも言ってよ、親友なんだから」

そんなのそっちが勝手に思ってるだけで、俺は親友だなんて一度も思ったことはないし。翔だって、そんな思い込みは今日限りで終わるだろう。

モヤモヤした気分を払拭《ふっしょく》したくて、瞬介は一気にビールを半分ほど喉に流し込んだ。

その様子にただならぬ気配を感じたのか、翔も覚悟を決めた様子で缶チューハイに口をつける。

なかなか切り出せない風を装いながら、どうでもいい話をして飲酒を促《うなが》しているうちに、翔の顔は真っ赤になり、目元がとろりとしてきた。昨夜眠れなかったと言っていただけあって、焦点《しょうてん》が定まらないほどに睡魔《すいま》と闘《たたか》っている様子だ。それでも瞬介の相談に乗るまでは起きていなければと必死で瞬《まばた》きを繰り返す様子は健気でさえあった。

「悪い、やっぱりまだ踏ん切りがつかないから、相談はまたの機会にするよ」

頃あいを見計らって瞬介が言うと、翔は「えー」と不服そうにしつつも、そこでとうとう睡魔に白旗をあげ、机に突っ伏してうとうとし始めた。

寝息が安定するのを見すまし、そっと翔の身体を座布団に横たえる。

まずは全裸に剝《む》こうと思ったが、いざとなるとビビってしまう。別に親友じゃないしとか、泣こうが喚《わめ》こうが知ったことかとか、ドライに考えようとしても、さっきまで真剣に自分を心配してくれていた翔の表情を思い出すと二の足を踏んでしまう。

そもそも、俺は翔を相手に勃《た》つのだろうか。

翔を脱がすのは後にして、まずはそこを確かめてみることにする。瞬介は自らの下衣をずらし、下着からモノを取り出して、翔の顔を見ながら刺激を加えた。

案の定《じょう》、下半身はピクリとも反応しない。

仕方がないので目を閉じて、今までの女たちとのセックスを脳裏に思い描く。豊かなおっぱいや、尻《しり》のやわらかさ、ポメラニアンのような甲高《かんだか》い喘《あえ》ぎ声《ごえ》。しかしそれらにも一向に身体は昂《たかぶ》らない。

更に過激な映像を求めて、先日観た『人妻蹂躙《じゅうりん》地獄《じごく》』を思い出してみるが、そもそもあまりよく観ていなかったので断片的な記憶しかなく、むしろそれを一緒に観た健の顔の方がリアルに思い出せる。

健のあの大きな手で触られたらどうだろう。

ふとそんなことを妄想《もうそう》したとたん、ズキンと痛いような感覚が身体の芯《しん》で疼《うず》き、右手の中のものがゆるゆると硬度を増した。

ヤバいと思いつつも、思考が暴走する。

いつも笑みをたたえ、何かと自分をからかってくる、あの唇でされたら……？

さらなる妄想は、一気に瞬介の中心に血液を送りこんだ。

ヤバい。どうしよう。いや、どうしようじゃなくて、この調子で臨戦態勢に持ちこんで、翔に突っ込むんだ！

しかし実際には、平和な寝息を立てている翔に、そんなことは到底できそうもなかった。身勝手きわまりないヤリチン男とはいえ、良くも悪くもそこまで極悪非道ではない。

別に親友なんかじゃないし、嫌われたってどうってことはないけど、傷つけたり泣かせたりするのは後味が悪いし、そもそも合意のないセックスなんてポリシーに反する。

寝顔を見つめてぐるぐるうだうだしつつ、こんなバカげたことを思いつくほど健に執着している自分に、今更ながら呆《あき》れかえる。

犯罪者まがいな真似で翔を傷つけて、憎悪でもいいから健の気を引きたいとか、一瞬でもそんなことを考えるなんて、俺はもう絶対頭がおかしい。

俺はそんなに一之瀬《いちのせ》さんが好きなのかな。

改めて脳裏に健の姿を思い描くと、身体中の熱が手の中のものに集まっていく。

男をズリネタに二回も抜くとか、もう終わってる。

その時、玄関の引き戸が開いた音がした。瞬介はぎょっとして手を止めた。

気配に耳を澄ませる間もなく、廊下をみしみし歩く音がして、いきなり襖《ふすま》が開いた。

「こん……」

朗《ほが》らかになにか言いかけた健が、一瞬で硬直する。その視線が瞬介の股間《こかん》でいきり立ったものと、すやすやと寝息を立てる翔の間を何度も往復する。

驚きすぎると声を出すことも身動きすることもできないものだと、瞬介は初めて知った。

Cheez!

下半身を露出《ろしゅつ》したまま呆然と健を見上げていた瞬介が我に返ったのは、たっぷり五、六秒経過したあとだった。

「……ええと。なにしてるの？」

低い声で健が問いかけてくる。瞬介は慌ててジーンズの中に自分のものを押し込んだ。体積が増していたせいでファスナーが上がらず、オタオタしながら口を開く。

「あ、あの、これは……」

咄嗟《とっさ》に言い訳しようとしている自分に気付いて、言いやめる。

なにビビってるんだよ、俺。ちょうど良かったじゃん。結果オーライというには、あまりに間抜けすぎる状況ではあるが。

「みっ、見ての通りです」

ほら、ここでフテキに笑えと自分に命じながら、フテキを脳内で漢字変換できなくなっていることが、瞬介のパニックぶりを物語っていた。

同様に、健が相当驚いているのも見てとれた。いつも飄々《ひょうひょう》とした健の、こんな啞然《あぜん》とした顔を見るのは初めてのことだった。

沈黙が重すぎて、瞬介は発作のように饒舌《じょうぜつ》になる。

「俺のことヤリチンって言ったのは一之瀬さんでしょ？　その通り、俺は誰とでもヤレるんです。翔も最初は怖がってビビってたけど、最後は俺のテクでアンアンいって昇天しちゃいましたよ」

思いっきり露悪的《ろあくてき》に吐き捨ててみせる。

健は着衣の乱れ一つなく平和な寝息を立てている翔と瞬介を見比べ、怪訝そうに言った。

「きみが一人でマスターベーションに没頭《ぼっとう》していたようにしか見えなかったんだけど」

パーッと顔に血がのぼる。図星過ぎて瞬介はムキになった。

「さっきやりまくって、翔は疲れて寝ちゃったんです。それで今、二度目に突入しようとしたところです！」

突拍子もない作り話を激しく力説している自分がアホ過ぎてドン引く。

瞬介の混乱と興奮をよそに、健は無表情になにか考え込んでいる。

「……あの、一之瀬さんはなんで今ここに？」

気まずい沈黙を埋めるために、再び瞬介が間抜けな質問を繰り出すはめになる。

「翔が、一人じゃつまんないって言うから。きみも来るって聞いたしね」

健は抑揚《よくよう》のない声で淡々と答えた。

翔のやつ、なぜそれを最初に俺に言わないんだよと、一人平和に寝こける翔を睨《にら》みつける。

もっとも寝かしつけたのは瞬介なのだが。

「ええと、一之瀬さんがいるなら、俺が泊まる必要ないですね。じゃ」

瞬介は逃げるように居間を飛び出し、スニーカーを引っかけて夜の住宅街を全力疾走《しっそう》で駆け抜けた。

弟に無体なことをしたと思いこんだ健が捕まえにくるかとちょっとハラハラしたが、追ってはこなかった。

計画は成功した。健をまさしくぎゃふんと言わせてやった。いつも上機嫌に笑っている男の、あんな唖然とした顔、見たこともない。ザマミロ。そう思うのに、心は一つも晴れず、それどころか頭を抱《かか》えて叫びだしたいような後悔にとらわれていた。

健を怒らせた。軽蔑《けいべつ》された。本当はこんなことをしたかったわけじゃなかったと、今更ながらに気付く。でも、もう取り返しがつかない。

今はまだ何も知らない翔も、目を覚まして健から経緯《けいい》を聞かされたら、瞬介を憎《にく》み、軽蔑するだろう。きっと明日構内で会っても、目も合わせてもらえないだろう。……つかもらえないってなんだよ。別にいいじゃん、元々向こうが勝手に親友認定してきただけで、こっちはどうでもよかったんだし。

どうでもいい、どうでもいいと自分に言い聞かせながら、頭の中はとんでもなく混乱していた。

# 10

暑いんだよ、バカ。

かんかん照りの昼下がりのベンチで、瞬介《しゅんすけ》は太陽に向かって悪態をついた。

いつもは待ちあわせるともなく学食で翔《しょう》とおちあって昼食を食べるのだが、今日は顔を合わせる勇気がなかった。昨夜から何通かメールが来ていることも知っているが、見ていない。見たくないので今は電源を落としてある。

きっとあのあと健《けん》から事情を聞いた翔は、瞬介に強姦《ごうかん》されかけたと思ってショックを受けているだろう。怒り狂っているかもしれない。別に泣こうが怒ろうがどうだって構わない。こっちは最初からあいつのことなんかどうでもよかったんだからな。

強がってあくまで自分を正当化しようとするものの、真夏の日差しに照らされてベンチで萎《しお》れている瞬介は、どう見ても負け犬の風情《ふぜい》だった。コンビニで買ったおにぎりを食べる気にもなれず、カフェオレだけをチュルチュル啜《すす》る。

思えば、瞬介の大学での友人関係は、すべて翔を介して成り立っているものだった。

いや、そんなことはどうだっていい。友達など一人もいなくても痛くも痒《かゆ》くもない。高校までの友達だって、結局は瞬介の金まわりの良さをあてにした連中だけで、今でもつきあいの続いている相手など一人もいない。

つか俺はなんでこんなに萎れてるんだよ。ぎゃふん計画が昨夜無事に成功したのだから、もっと浮かれるべきじゃないのか。

昨日の一之瀬《いちのせ》さんの顔を思い出せよ。ぽかんとしちゃって、超笑えたじゃないかよ。

しかしこみあげてくるのは笑いではなく、居たたまれない混乱と、苦い後悔ばかりだった。

「山下《やました》」

不意に声をかけられて、瞬介はベンチから文字通り飛び上がった。つつじの植え込みを突っ切って、翔が駆けてくる。

「なんでこんなところでメシ食ってるんだよ」

いつもと変わらぬ屈託《くったく》のない様子に、瞬介の方が逆に動揺する。

「……今日は外っていう気分だったんだよ」

「えー、超暑くない？」

太陽に手をかざして、翔が顔をしかめる。

「おまえは中で食えばいいだろ」

「だって山下がいないとつまんないし。外のベンチでまったりしてるの見たって、木村《きむら》たちが言ってたから」

暑い暑いと言いながら翔は隣に腰をおろし、ちょっと決まり悪そうにぼそぼそ言った。

「あのさ、昨夜ごめんね」

「え？」

「家に遊びにきてもらっておきながら酔《よ》って爆睡《ばくすい》とか、失礼すぎるよね。怒ってる？」

瞬介は怪訝《けげん》に翔を見た。

どうやら健は、翔に事実を伝えていないらしい。いや、実際ヤッてはいないし、翔の身体に何の痕跡《こんせき》もないから健も未遂《みすい》だということはわかったと思うが、瞬介の悪意ある言動をかわいい弟に伝えていないのは意外な気がした。

「いや、別に……」

「ねえ、もしかしてそれで俺のこと嫌になって、もう一緒にランチ食べるのやめようとか思ったの？」

翔の見当外れの不安に、瞬介は思わず脱力した。

「そんなんじゃねーよ」

「ホント？　呆《あき》れてない？　怒ってない？」

「ねーよ」

呆れたり怒ったりする権利はむしろ翔にあるはずなのに、どこまで人がいいのだろう。

「よかったー」

翔はベンチの上で空を見上げて身体を弛緩《しかん》させた。

「メール送っても返信来ないし、もう見捨てられたのかと思って焦《あせ》ったよ」

どうやったらここまで善良でいられるのかと、呆れてしまう。

「翔、昼食ったの？」

「まだ」

「食う？」

瞬介はコンビニの袋を無造作に翔の膝に放った。

袋を覗《のぞ》きこんだ翔は、パッと笑顔になった。

「焼きたらこのおにぎりとメロンパン！　俺の好きなのばっかじゃん」

自意識過剰《かじょう》すぎ。大概《たいがい》の日本人はたらこのおにぎりとメロンパンを好むものだ。

「ありがとう。山下ってホントに親切だよね」

おまえは本当に頭のネジがゆるすぎる。マジでバカ。信じらんねー。

心の中で悪態をつきながら、なんだかたまらない気持ちになって、瞬介は膝の上で頭を抱《かか》えた。

「山下？　どうしたの？」

翔がびっくりしたように顔を覗きこんでくる。

「……どうもしねーよ」

「だって、泣いてるじゃん」

「汗だよ。暑いんだよ。クソッ」

悪態をつきながら鼻を啜《すす》る。

「山下、昨夜悩みがあるって言ってたよね。ごめんね、俺、それなのに酔っ払って寝ちゃったりして最低だよね」

必死の形相《ぎょうそう》の翔がなんだかおかしくて、笑おうとするのに泣けてくる。

「ねえ、なんでも言って？　俺じゃ頼りになんないかもしれないけど、できる限りのことはするから。ね？　ね？」

もう本当にこいつはアホすぎると思うのに、どうやっても涙が止まらなかった。

昨夜、バカな思いつきを完遂《かんすい》しなくてよかった。できなくてよかった。

翔に嫌われなくてよかった。


翔に悩みを打ち明けたりはしなかった。そもそも『相談』というのは翔を酔わせるための口実にすぎず、最初から翔に相談するつもりなどなかった。おまえの兄ちゃんが好きなんだなんて言えるわけないし、言ったところでどうにもならない。健にはもともと相手にされていないし、昨夜の意味不明な言動で更に嫌われたはずだ。

代わりに、午後の講義をサボってカラオケに行った。二人で六時間、バカみたいにゲラゲラ笑って歌って、声ががらがらになった。

翔と別れたあと、二時間ほどカフェで一人でクールダウンしてから、帰途についた。

から騒ぎのあとで、今日もどうせ母親は留守であろうがらんとした家に帰るのが、なんだか虚《むな》しかった。

無性に甘ったれたい。……一之瀬さんに。

すべての混乱の元となった相手の顔を思い浮かべて、瞬介はうなだれた。

なにもかもぶち壊して終わりにしたいと思ったけれど、ぶち壊しても終わりにはならなかった。

いや、健との関係は多分終わった。未遂だろうとなんだろうと、昨夜の瞬介の言動には健もドン引いただろう。

けれど瞬介の恋心は終わってはくれなかった。むしろ後味の悪さや後悔がまぜこぜになって、それはもっと厄介《やっかい》な気持ちに変わっている。

どうすればよかったのだろう。翔との友情を本当に強く望んでいたのは自分の方だったと今密《ひそ》かに認めているように、素直に健への恋心を認めて、打ち明ければよかったのか。それとも、恋心に蓋《ふた》をして、弟の友達というスタンスを演じ続ければよかったのか。

今更あれこれ考えても、虚しいだけだ。そうできなかった結果、今があるのだ。

やっぱり恋なんて幻想だったのだ。それも瞬介が考えていたのとは違う意味で。

好きになった相手が、同じように自分を好きになってくれるなんて、フィクションの世界の話だ。そんな幸運な偶然に巡《めぐ》り合《あ》える人なんて、きっと一握りに決まってる。

とぼとぼと帰りついたマンションのエントランスの前に、見覚えのある人影があった。

心臓が急に激しく居場所を主張し始める。

「こんばんは」

淡々と声をかけられて固まる。

「……どうしたんですか、こんなところで」

「何度か電話したけど、繋《つな》がらないから」

そういえば携帯の電源を落としたままだったことを思い出す。

目を合わせられなくて、瞬介は健の足もとに視線を落とす。以前ならケッ、安物の靴《くつ》、などと思ったかもしれないが、今はその働く男の靴をかっこいいなどと思ってしまう自分が、ただひたすらに居たたまれない。

「ちょっと話をする時間はあるかな」

話ってなんだよ。翔に真相を話さずにおいてやったことを感謝しろとか？　今後翔には近づくなとか？

「翔から、きみの相談にのってやって欲しいとメールをもらったんだ」

予想の斜《なな》め上を行く発言に、思わず顔をあげる。

「自分には言えない悩みを抱えてるみたいだから、かわりに話を聞いてやって欲しいってね」

健は口元に苦笑いを浮かべて、意味ありげな目で言った。

「まあ大体想像はついてるんだけど」

心臓が口から飛び出しそうになる。ぱっと頬に血の気がのぼるのを感じる。

気付かれていたのか。だてに八年長く生きているわけではないらしい。瞬介はこの場から逃げ出したい衝動に駆られたが、なんとか踏みとどまる。

健との関係はぶち壊したが、恋心はまだ強く息づいている。今こそ、その息の根を止める時だ。健に完膚《かんぷ》なきまでに叩きのめしてもらえば、いっそすっきりするだろう。

「……どうぞ」

瞬介は健をエントランスに招き入れた。カチカチに緊張して、呼吸が浅くなる。

案の定《じょう》母親は留守だった。なんだか今日はいつにも増してリビングがだだっ広く感じられた。

この間はくっついて手を繋《つな》いでテレビを見たソファで、今日は二人分ほど間を開けて座る。

いつになく緊張して黙り込む瞬介に、健が少し困ったように口を開いた。

「まあ、さすがのきみも翔には言えないっていうのはわかるよ」

わかっちゃうんだ、と瞬介は更に身を固くする。

「で、きみは俺にどうして欲しい？」

いきなりストレートに切りだされて、瞬介は茹《ゆ》でダコと化す。

「どっ、どうって、あの、」

この場で俺の口から言えというのだろうか。キスさせて欲しいとか、ヤらせて欲しいとか。いや、その前に俺のことを好きになって欲しいとか。

「まあ正直、きみの願いを叶《かな》えるのは不本意だけどね」

健は皮肉っぽい口調で言う。瞬介の顔に集まった熱は、今度は一気に引いて行く。口にする前にふられた。ものすごく、きっぱり、はっきり。『願いを叶えるのは不本意』とはつまり、指一本触れたくないということだろう。

わかっている。自分で撒《ま》いた種とはこういうことだ。翔を傷つけることで健をぎゃふんと言わせたかったという、ねじ曲がって歪んだ恋情に、今更ながら後悔と自己嫌悪の念を覚える。

「あの、すみません、どうにもしてくれなくて大丈夫です」

瞬介はいつになくしどろもどろに言葉を紡《つむ》いだ。

「俺、あの、あんなことして本当にバカだったたって思います。あんなので気持ちが伝わるわけないのに……」

なぜか伝わっているようだが。

健は苦笑いを浮かべた。

「下手《へた》すりゃ犯罪だしね」

「すみません……」

「犯罪を犯しかけるほど、好きなんだ」

冷ややかに畳《たた》みかけられ、耳たぶがひどく熱くなる。

本人から「そんなに俺が好きなのか」と嘲笑《あざわら》われる屈辱《くつじょく》と羞恥《しゅうち》に、もうこの場で蒸発して気化してしまいたかった。

「……もう二度とあんなことはしないし、翔に近づくなって言うなら、そうします」

いつになく殊勝《しゅしょう》な瞬介の態度を、健は理解不能なものを見るような目で見つめてくる。

「俺が言うのもなんだけど、どこがそんなに好きなの？」

これが、大事な弟を傷つけようとした人間への罰《ばつ》だろうか。どこが好きかを言わせて、「キモい」と嘲《あざけ》ろうとでも？

しかし穏やかな人柄《ひとがら》の男をここまで怒らせたのは自分だ。瞬介は視線を伏せ、唇を震わせて小さな声で言った。

「あの……最初は正直、苦手なタイプだって思ったんです。でも、段々一緒にいると楽しいなって思って」

自分の言葉から、一緒に過ごしたあれこれが脳裏に蘇《よみがえ》ってきて、目の奥がつんと痛くなってくる。今日はうっかり翔の前で泣いてしまったせいで、涙腺がおかしなことになっていた。

「キャベツの入ったパスタ、すごくおいしかったし、一緒にＤＶＤ観たのも楽しかったし、手とかおっきくて、繋ぐとドキドキして、でもすげー安心して……」

本当に楽しかった。あれもこれも。台無しにしたのは、すべて自分だ。

「……ちょっと待てよ」

ふと健が今までとは違う焦ったような声音で言った。

「それって俺のことじゃないか？」

今更なにを言っているのかと怪訝に思って視線をあげると、健が心底びっくりしたような顔をしていた。

「だけど、きみが好きなのは翔だろう？」

「は？」

今度は瞬介がびっくり顔になる。

「五十人目が運命の相手だったらいいっていうあれ、翔のことだったんだろう？　それで昨夜、翔の寝顔を見ながらああいうことをしてたんだよね？」

ようやく話が嚙み合っていないことに気付く。

うわっ、なにこれ。つまり一之瀬さんは俺の気持ちに気付いてたわけじゃないってこと？

俺がこの前酔って呟いたことを、翔への想いだって誤解してた？

つまり、今、俺は自爆したのか？

血の気が引きつつ顔は真っ赤という、わけのわからない状態に陥《おちい》りながら、瞬介は混乱で口をパクパクさせた。

「あの、俺、帰ります」

パッとソファから立ち上がる。

「いや、ここきみの家だから」

「あ……えと……」

「とりあえず落ち着こうよ」

健に腕をひかれて、さっきよりずっと近くに座らされる。

腰をおろしたはずみで、下まぶたに溜まっていた涙がぽろっとこぼれおちる。

健が驚いたように目を見開いた。

「山下くん？」

「あ、これは違くて……あの、俺、」

瞬介はパニクってごしごし目元を擦《こす》った。

一体今日はどういう日なんだ。昼間は弟の前で、夜は兄の前で泣いてるとか。俺の人生で一番かっこ悪くて恥ずかしい。

健の腕が肩にまわされる。瞬介がビクッと身を固くすると、触れるか触れないかの位置で手が止まった。やがて瞬介の力が抜けるのに従って、大きな手がゆっくり肩に降りてくる。

「ごめん、嚙み合ってなかったな」

そりゃそうだ。いくら八年長く生きているからって、弟の寝込みを襲っている友人が実は自分のことを好きだと気付いたりしないだろう。

「あのさ、きみが好きなのって、俺？」

ダメ押しの確認に、全身から汗が噴き出す。肯定すべきか否定すべきか、とにかく言葉が出てこない。

「前から薄々そうかなって思ってたんだけど」

さらっと健に言われて、視界がぐるぐる回る。

それは作戦が成功していたということなのか、それとも自覚する前から瞬介の気持ちがダダ漏れしていたということなのだろうか。

ひたすら無言でぐらぐら混乱しまくる瞬介に、健がふっと笑う。

「いや、色々不自然で、なにかたくらんでいそうだなとは思ったけど、きみ、案外純情で感情が出やすいし」

純情などという自分とかけ離れた表現を持ちだされて、ますますむず痒く居たたまれない気持ちになって、自分を貶《おとし》めたくなる。

「純っ、純情ってなんですか。俺が何十人と寝た話、疑ってるんですか？」

「いや、そんなことないよ。きみくらいきれいな子なら、相手に不自由はないだろうとは思う」

「そうです。俺はヤリチンだから、誰とでもやれるんです」

やけくそ気味に吐き捨てる。

「でも、純情だよね」

「……だからそれは俺とは対極にある単語です」

「一緒に舞台を観たとき、繋いだ手が緊張で冷たくなってたし、脈がめちゃくちゃ早くなってたし」

いきなり指摘されて、さらに全身から汗が出る。確かにあのときはものすごくドキドキしたけれど、平静を装ってみせたはずなのに。そんなふうにいちいち気付かれていたなんて。

「そのあとも、会うたびにたくらみ顔の裏にソワソワした感じが伝わってきて、なんとなくきみに好意を持たれてるのかなって思ってたんだけど、昨夜のあれで一気に俺の勘違いだったのかな、と」

俺はこの場をどう取《と》り繕《つくろ》えばいいのかと、瞬介はテンパりまくる。

「あ、あれは……あの、だって、一之瀬さんの大事なものをめちゃくちゃにしたら、少しは俺に関心持ってもらえるのかなとか……」

結局、何もかもを認めるはめになる。しかし昨夜完遂していたらまさしく犯罪だったと今更ながらに自分が恐ろしくなり、慌てて言《い》い募《つの》る。

「だけど、もうあの時点で、翔をどうこうするつもりなんてなかったから」

言い逃《いのが》れにしか聞こえないかもしれないが、事実だった。

「あの時点で、翔に危害を加えていなかったことは認めるよ。翔も何もなかったって言ってる。でも、きみ、完全に臨戦態勢だったよね？」

顔を覗きこんで問い質《とただ》されて、手のひらにべったりと汗がにじみ出す。

普段の俺様な様子はどこへやら、瞬介は蚊の鳴くような声でぼそぼそと白状した。

「あれは、翔じゃ反応しないから、一之瀬さんのことを想像したら、一気に、なんか……」

もうダメだ。俺は死んだ。死因は過度の羞恥。

「……ごめん、よくわからないんだけどさ、俺が好きなのに、なんでそんな屈折した方向に全速力で突っ走っていくわけ？　普通に直接言ってくれたらいいのに」

瞬介は抱えた膝に突っ伏した。

「俺のことなんか全然好きじゃないってわかってる相手に、そんなかっこ悪い告白なんかできるわけないじゃん」

「は？　俺はきみのこと好きだけど？」

あっけらかんと言われて、瞬介は「え？」と茹でダコ状態の顔をあげた。

「……好き？」

「うん」

「俺が？」

「そう」

「……弟の友達的なスタンスで？」

「いや、受け入れてもらえるなら恋人的な立ち位置で」

しばし健の言葉の意味を吟味《ぎんみ》したのち、瞬介は猛烈に反論した。

「嘘言わないでください。いっつも俺のことバカにしてたし、そんなそぶり全然見せなかったじゃないですか！」

「え、俺は意思表示しまくってたけど？」

「された覚えはありません」

「何度も言ったよ、かわいいって」

「……は？」

それは確かに何度も言われた。言われたけど……。

「かわいいっていうのは、侮蔑《ぶべつ》の言葉でしょう？」

今度は健が驚いた顔になる。

「なに言ってるんだよ。かわいいっていうのは、好意の意思表示だろう」

え、嘘。なにそれ。めちゃくちゃ盲点《もうてん》。

「……そんなのでわかるわけないじゃないですか」

「じゃ、なんて言えば伝わったの？」

「なんて……たとえばかっこいい、とか？」

瞬介が遠慮《えんりょ》がちに希望を伝えると、健は間髪入れずに噴き出した。

「ごめん、それはちょっと思ったことなかった」

失礼極まりない口ぶりに、猛烈にイラッとくる。こいつ絶対ふざけてる。俺のこと好きだとか、嘘だろ。

瞬介の立腹に気付いたらしい健が、取りなしにくる。

「いや、でも中学生くらいの女の子から見たら、きみみたいなタイプは相当かっこいいと思うよ。きれいな顔だし、細くてスタイルもいいし、アイドルっぽくてかわいい……かっこいいよね」

「……もういいです」

へそを曲げて顔をそむけると、肩を抱く手に引き寄せられた。

「こんなに誰かをかわいいって思ったのは、初めてなんだ」

笑いを引っ込めた真摯《しんし》な声で耳元に囁《ささや》かれて、どきっとなる。

「……一之瀬さんって見かけによらずタラシでしょう。今までつきあった女も、そうやって口《く》説《ど》いたの？」

「いや、こんなに必死に口説くのは、きみが初めてだよ」

「全然必死に見えないし。つか今までの女は口説かなくても寄ってきたっていうアピール？」

「きみってホントに面白《おもしろ》い人だよね。策士かと思えば、そんなふうに不器用で甘え下手《べた》で」

ふと気付けば、健の顔がすぐ目の前にあった。

心臓が、喉までせり上がって来る。

「ちょ……っ」

身構えるより前にキスされていた。

「んっ……っ、」

数回ついばむように触れたあと、健の舌がするりと侵入してきた。

せり上がった心臓が激しく拍動し、身体中をものすごい勢いで血液が駆《か》け巡《めぐ》る。どうしたらいいのかわからなくなり、健のシャツに爪《つめ》をたてる。

戸惑う舌を絡め取られて、瞬介は自分があまりキスの経験がないことに気付く。

セックス目的で会っていた女性たちとは、あくまで身体優先で、キスなんて面倒くさいと思っていた。

「ふ……ん……んっ」

身体が甘酸っぱくよじれて、子犬のような甘えた鼻声がこぼれおちる。

なにこれ、こんなの俺じゃない。

混乱と羞恥とめくるめく快感に身を委《ゆだ》ねるうちに、気付いたらソファの上に押し倒されていた。

「……んっ、ちょ、待ってよ、」

組み敷かれた体勢で、瞬介は真っ赤になってもがいた。

「うん、なに?」

余裕の表情で健が見下ろしてくる。その濡れた唇に、瞬介はもじもじと身をよじらせた。なにこいつ。のどかな草食動物みたいな顔して、実は野獣《やじゅう》じゃん。

「こういうの、ちょっと……」

「恥ずかしい?」

恥ずかしいと思っているとか思われることが恥ずかしい。

「そんなんじゃありません」

「そうだよね、こんなの、『誰とでもできる』ことだもんね?」

やっぱり絶対からかわれてる。

「……もちろん」

「だったらそんなに緊張しないで」

だから緊張しているとか思われることが恥ずかしいんだよ! バカ!

「違います、俺が言いたいのは、逆だってことです」

「逆?」

「俺が乗っかる側です」

きっぱり言い切ってみせると、健はちょっと考え込み、それから「ああ」と納得した顔になった。

「騎乗位がいいの？」

「違います！　俺が一之瀬さんに突っ込む側だってことです！」

一瞬の間合いのあと、健は「うわぁ」と目を見開いた。

「それはちょっと激しく想定外だな」

「俺だって押し倒されるなんて想定外です！」

想定外のはずなのに、こののしかかられた体勢にドギマギしている俺は一体何なんだ⁉

「誰がどう見たって、きみが俺の愛を受け入れる側だと思うんだけどなぁ」

「誰もどうも見てないし、チンコのことを俺の愛とか形容するのはやめてください！」

思いっきり反論したら、健は激しく噴き出した。

「山下くんってホントに面白いなー」

「うるっせーよ！」

瞬介にとっては切るか切られるかの瀬戸際なのに、健の余裕が腹立たしい。それでいて、この手のひらの上で転がされている感じがちょっと心地よくもあった。

「わかった。きみの気持ちを尊重して、」

「突っ込んでいいの？」

「白黒つけるのは、また次の機会にしよう」

「なにそれ」

「だってお母さんが帰ってきたらびっくりしちゃうだろ。昨日の二の舞だよ」

ぐいと身体を引き起こされる。思いがけない強い力にふわっと身体が浮いたようになり、気付けば元通りソファに座っていた。

「……なんか現実感がなくてヘンな感じ。こんなことってあるのかな」

「こんなこと？」

「一之瀬さん、ゲイじゃないよね」

「うん、今までのところは」

「俺だって男とつきあうとか想像したこともなかったし。お互いそういう趣味じゃないのに、こんなことになっちゃうなんて、都合良すぎて、なんか嘘っぽい」

「でも、恋愛ってそういうものだろ？　予期せずストンと落っこちるみたいな」

「そうなの？」

「そうなの、って、きみ、何十人も相手にしてきて、その感覚を知らないの？」

「セックスと恋愛は別ものでしょう」

さばけたふうに言ってみせると、健はふわっと笑った。

「つまり恋に落ちたのは俺が初めてってこと？」

百戦錬磨《れんま》を誇示《こじ》したつもりが、思いがけず墓穴を掘ったことに気付いて、瞬介は赤面した。

「かわいいなぁ」

また不本意な単語を呟かれ、さらに不本意なことに身体の芯がきゅんとなった。

「現実感が欲しいなら、もうちょっとだけ続きをしようか」

再び軽くチュッとキスされたと思ったら、健の右手がジーンズの上からそっと瞬介に触れてくる。

「わっ、ちょっ、待てよ、俺は絶対突っ込む側なんだから」

硬いデニム地の上から大きな手に揉《も》みこむようにされると、あっという間に主導権を持っていかれそうな危機感を覚え、瞬介はじたばたと身じろいだ。

「うん、その問題は追々決着をつけるとして、触るくらいはいいだろう？　女の人にしてもらったこともあるよね？」

確かにみんな年上だったし、人妻がメインだったから、積極的にあれこれしてくれる相手も多かった。

そういう意味での奉仕なら、受けてやってもいいけど。などと尊大に思ってはみたものの、しかしいざファスナーに指をかけられたら、猛烈な羞恥がこみあげてきた。

「あ、ちょ、待って、こんな明るいところで……」

「まるで初めての女の子みたいだね」

かわいいね、などとしみじみ言われて、ますます顔が熱くなる。

おかしい。こんなのは俺じゃない。今までセックスで服を脱ぐのを恥ずかしいなんて思ったことは一度もないのに。

「どうしても恥ずかしいなら、灯《あか》りを消そうか？」

笑いを含んだ声で間近に覗きこまれて、プライドを傷つけられる。

「いいです、別に」

瞬介がなにを言っても、健が笑うのが腹立たしい。

静かな部屋に、ジジッとファスナーをおろす音が響く。見つめる先でボクサーパンツをずらされて、露出《ろしゅつ》したものに健の指先が触れるのが目に入る。視覚と触覚の刺激に息が上がり、そこはあっという間に芯《しん》を持つ。

「かわいいね」

さっきから何度言われたかわからない形容詞に瞬介は熱で潤《うる》んだ目で反論する。

「かわいいって言うなよ！」

「サイズのことじゃないよ？」

「……っ」

瞬介がムキになればなるほど、健は楽しそうだった。

「そういう自分はどうなんですか。上背《うわぜい》のある奴《ヤツ》に限ってモノが粗末とか、よくある話ですよね」

悔《くや》し紛《まぎ》れに健の下半身も暴いてやろうと手をのばしたが、あっさりとかわされた。

「こっちはまたの機会にね」

「……ほら、やっぱ見せられないようなモノなんだ」

「そういうことにしておいてもいいよ」

「なんかムカつく、その持ってまわった言い方」

「じゃ、はっきり言うけど、今スタンバッたら、自制がきかなくなって強引にきみに突っ込むと思う」

とんでもないことをさらっと言われ、瞬介が固まっている間にキスで唇を塞《ふさ》がれた。

唇と、下半身と、愛しむように触れられて、すぐに切迫してくる。

「はっ…ん」

「ここ、気持ちいい?」

あやすように囁かれて、そんなの見ればわかるだろうと、悔《くや》し紛《まぎ》れにすれた感じで切り返す。

「俺が気持ちいいと、一之瀬さんもエロい気分になる?」

「うん。ものすごくムラムラしてくる。これ、口でしてもいい?」

ぶわっと全身が熱くなる。今まで何度もされたことがある行為なのに、健にされるのは絶対無理だと思った。

「ダメ！　絶対ダメ！　やったら舌噛み切って死ぬから！」

「なにそれ。なに時代の誰設定？」

健はまた笑いだした。

「きみって本当に面白キャラクターだね」

「絶対ダメだからっ！」

「うん、わかったから、手、どかして」

ガードしていた手を外されて、指先の刺激で高められる。

俺はそんな簡単な男じゃないぜと歯を食いしばって耐えようとしたが、同性であるがゆえにウィークポイントを熟知している健の手技と、好きな相手に触られているという興奮に、あっという間に持っていかれてしまう。

「あっ、あ……っ！」

意志とは関係なしに腰が振れて、健の大きな手のひらを濡らしてしまった。

「かわいいね」

……それは早いという意味か。屈辱を覚えたが、もはや噛みつく気力もなかった。

恥ずかしい。でも気持ち良かった。好きな人に触られるってこんなすごいことなのかと、頭の中にピンクの綿菓子を詰め込まれたみたいにふわふわする。

「俺とつきあうことに現実感が出た？」

「……多分」

恥ずかしいから、何もかも曖昧《あいまい》なことしか言えない。

「なんで顔を隠すの？」

だから恥ずかしいからに決まってるだろ！　そんでそれを言うのもまた恥ずかしいんだよ！

両手で顔を覆《おお》っていたら、健の手が下着の更に奥にもぐり込んできた。

「ひっ、ちょっ、な、何してるんですか」

「大丈夫、触るだけ」

「だっ……ん」

抗議の声をあげようとした唇を、再びキスで塞《ふさ》がれる。甘いくちづけでとろかされながら、指先であらぬ部分をそっと撫であげられると、未知の感覚が足元から這い上がって、瞬介の背筋を震わせた。

今放出したばかりの場所にまた熱が集まり始めて、瞬介は身悶《みもだ》えながら健にしがみついた。

どうしよう、まさかこのままなしくずしにやられちゃうのか？

でも、気持ち良すぎて、力が入らなくて、なんかもう、俺がやられる方でもいいのかも……

などと思ってしまう。

不覚にも瞬介が流されかけたとき、健の携帯が高らかに鳴り響いた。我に返った瞬介は、健の身体を慌てて押し返す。

「で、電話」

「うん」

「ひゃ、ちょっ、ふざけてないで出てください、急用かもしれないしっ」

しつこくいたずらを仕掛ける手を必死で押し戻すと、健はくすくす笑いながらようやく悪さをやめて、携帯に手をのばした。

「翔だ」

ディスプレイを見て呟く。

昨日は兄に、今日は弟に決まり悪い場面に闖入《ちんにゅう》され、瞬介はうろたえまくる。健が電話に出ている間に乱れた服を慌てて直し、ベルトまできっちりはめて態勢を立て直す。

通話を終えた健は、瞬介に携帯をかざしてみせた。

「ちゃんときみの『相談』にのってあげたかって、確認の電話」

心遣《こころづか》いがこそばゆく、居たたまれなくもある。

「続き、する？」

いたずらっぽく囁かれて、瞬介は脳貧血を起こしそうな勢いで頭をぶんぶん横に振った。

「今度にします」

今の中断ですっかり我に返っていた。やられてもいいなんて、どうかしていた。やるのは俺の方なのだ。しかし今のメンタルだったら、また簡単に流されてしまう。こういうことは、準備万端で臨《のぞ》まなければ。

「そうだね。男同士はなにかと準備も必要みたいだしね」

瞬介は心の準備のことを考えていたのだが、健がもっと生々《なまなま》しげな準備のことを匂《にお》わせてくるので、再び赤面しそうになる。

いっぱいいっぱいの瞬介とは裏腹に、健は余裕の笑みで間近に瞬介の顔を覗きこんできた。

「ひとこと言わせてもらってもいいかな」

「な、なんですか」

「きみが今まで四十九人とつきあってきたことに関して、俺があれこれ言う立場にないのはわかってる」

当然だろう。あれこれ言わせる気もないし。

「でも、五十一人目は許さないって言う権利はあるよね？」

「え？」

「俺は結構束縛系《そくばくけい》だから」

うわ、なにそのクサい台詞《セリフ》。

いつも笑われているお返しに嘲笑ってやろうと思ったのに、なぜだか顔は熱くなるばかりで、笑うどころか泣きそうになってしまう。健に気付かれる前に、瞬介はプイと顔をそむけた。

「なんだよ、その態度は」

結局また健に失笑されてしまう。

「そっちは何か言うことはないの？」

甘やかすように肩を抱かれて、瞬介は涙目を悟られないために、わざと機嫌悪そうな声を出した。

「束縛されてやってもいいけど、突っ込むのは俺ですから」

「こだわるなぁ」

余裕で笑う健にちょっと腹が立って、絶対にマウントポジションをとってやるぞと決意を新たにする。

でも、いざその場になったら、大人の余裕でいいようにされてしまいそうな気もする。

それも悪くないかもと思いかけていることは、当分口にするつもりはないけれど。

# 束縛《そくばく》ジェントルマン

sokubaku gentleman

# 1

「なんか寒い」

健《けん》の部屋の二人掛けのソファで膝を抱《かか》えてテレビを見ながら、瞬介《しゅんすけ》はぼそっと呟いた。

「エアコンの設定温度、上げようか?」

キッチンで洗いものをしていた健が、優しく声をかけてくる。

「いい。上げると暑いし」

「じゃ、上着を羽織《はお》れば?」

「面倒くさい」

瞬介のぞんざいなもの言いに健は失笑し、洗いものを中断して瞬介の傍《かたわ》らに腰をおろした。

男二人で座るにはコンパクト過ぎるソファで、健はタンクトップから剝《む》き出《だ》しの瞬介の肩を抱き寄せてきた。

「これで正解?」

「……なにが?」

「いや、別に」

くすっと笑われて、頬にじわじわ血の気がのぼる。

そうだよ、正解。大正解。「寒い」というのは、洗いものなんてあとにして、さっさとこっちに来て俺とスキンシップを図れという婉曲《えんきょく》な誘いだった。

すぐに意図を汲《く》んでくれたことを嬉しいと思う一方で、なにもかもたちどころに見抜かれてしまうことがきまり悪くて、むずむずする。

「ホントに冷えてるね」

健の大きな手が、瞬介の腕を上下にさする。ゾクリと肌が粟立《あわだ》っていく。

「温めてあげようか？」

語尾を上げて意向を訊《き》くかたちをとりながら、瞬介の返事を待たずに健はメガネを外してローテーブルに置いた。微笑《ほほえ》んだかたちの唇が、鎖骨《さこつ》に降りてくる。

骨の上のぴんと張った皮膚《ひふ》を唇で辿《たど》られると、ひといきに身体中が熱を帯びた。

逃げ場のない狭《せま》いソファで、自分よりも大きな男にのしかかられる倒錯的《とうさくてき》な昂揚感《こうようかん》。

「あ……んっ」

身を震わせて声を零《こぼ》すと、健はまたくすっと笑って、瞬介の唇を奪ってきた。

おっとりした外見にそぐわず、健は案外獰猛《どうもう》で、びっくりするほどキスがうまい。

気持ちが通じ合ってからひと月。健とは頻繁《ひんぱん》に連絡を取り合い、会っている。休みの日には一緒にドライブや映画を楽しみ、締めくくりに今日のように健の手料理をご馳走《ちそう》になったあとには、毎度こうして甘いデザートが待っている。

いつも瞬介は、キスだけで息があがるくらいメロメロになってしまう。

「っ……んっ……ん、」

上顎《うわあご》をくすぐられ、淫靡《いんび》に舌をからめられ、身体中が甘くよじれる。

タンクトップのアームホールから健の長い指が忍び込んできて、胸元のささやかな突起をぞろりと撫《な》であげてきた。

「っ、や、どこ触ってるんだよ！　俺は女じゃねーよ！」

「うん、さすがにここまで胸がフラットな女子はいないよね」

「そういう意味じゃない！　俺を女扱《あつか》いするなって言ってるんだよ！　俺は突っ込む側なんだから」

「はいはい。でもさ、四十九人もつきあってきたなら、女の子の方から色々してもらっただろ？　こういうのは別に、どっちが突っ込むとかいうのとは別次元のことだよ」

初めてのときにもそんなようなことを言われ、以降毎度この理論に流されてしまう。

健は瞬介の顔じゅうにキスの雨を降らせながら、指先で胸の突端を弄《もてあそ》ぶ。くすぐったいような刺激がじわじわとした疼《うず》きに変わるころ、ふと我に返る。確かに奉仕《ほうし》された経験は豊富だが、女たちは男の乳首《ちくび》にこうもしつこい執着《しゅうちゃく》は示さなかった。

「ちょっ、やっぱやだ、そこ」

「なんで?」

「だからっ、俺は女じゃないからって言ってるじゃん」

「でも、ここを触ると、こっちがすごく反応するんだけど」

こっち、とジーンズの前の膨《ふく》らみを手のひらで撫であげられて、瞬介は狭いソファの上でじたばたと身悶《みもだ》えた。

「そんなの、たまたまだよ」

「顔に似合わないお下劣《げれつ》なジョークだね」

「っ、ジョークじゃねーよ。つか俺が上だって言ってるだろ!」

「わかってるよ」

意地を張り続ける瞬介を笑っていなし、健は身を起こすと、子供をあやすように瞬介を後ろ抱きにして膝に座らせた。

「ほら、これで満足?」

「……上ってそういう意味じゃない」

「気持ち良くしてあげるから、少しおとなしくしてて」

「あ……」

ジーンズのファスナーを下ろされ、下着の奥で存在を主張し始めていたものを引っ張り出される。

裸にされるよりも、着衣を乱さぬままそこだけ露出《ろしゅつ》させられる方がより淫猥《いんわい》だった。背後から回された大きな手が自分の感じやすい部分に施《ほどこ》す愛撫《あいぶ》がつぶさに見えるのが、なんとも淫靡で羞恥心《しゅうちしん》を煽《あお》られる。

瞬介に見せつけるように、左手がゆっくりと全体を擦《こす》りあげ、右手の人差指と中指が、ぬかるみ始めたピンク色の先端を円を描くように刺激してくる。

物理的刺激に加えて、視覚的な刺激が、瞬介の理性をあぶり焼く。

「とても酷使《こくし》してきたとは思えない、きれいな色だね」

「……っ、そういうエロいコメントとか、いりませんから」

「そう？　でもほら、また濡《ぬ》れてきた」

「だからっ、いちいち解説すんなよ！」

ふっと耳元で健が笑う。

「首筋、真っ赤だよ？　こんなに初心《うぶ》なのに、五十人切りとか信じられないな。こうやって、ちょっとこすっただけでこんなに感じて」

「……っ」

いちいち屈辱《くつじょく》なのに、いちいち感じてしまう自分が居たたまれない。

なにをどう反論しても、健の手の中でどんどん硬度と質量を増していくものが、すべてを正直に物語っている。

健は瞬介の耳たぶを甘噛みして、時々瞬介が居たたまれなくなるような恥ずかしい言葉を囁《ささや》きながら、緩急《かんきゅう》をつけて官能を刺激してくる。

身体の仕組みを知りつくした同性同士、健の愛撫は至って的確で、しかも回数を重ねるごとにじらし度が増してきている。

身悶えるほど気持ちいいのにイけない状態を長く続けられて、そのもどかしさに瞬介は健の手の甲に爪《つめ》を立てた。

「やっ……もう、毎回、俺ばっか、やだ」

「お。遂《つい》にお許しが出るのかな?」

からかうような声と共に、背後から布地越しに昂《たかぶ》ったものを押し付けられる。瞬介は後頭部を健の肩口にこすりつけるようにして首を横に振った。

「違います!　一之瀬《いちのせ》さんのも、出せよ。俺が抜いてやるからっ」

曖昧《あいまい》な表現を使うのはかえって恥ずかしくて、わざと下卑《げび》た口調で言うと、健はクスッと笑って膝の上で瞬介の身体を自分の方に向き直らせた。

「ひゃっ」

まるで女の子のように軽々扱われたことに動揺している間に、健は自分の下衣《かい》を寛《くつろ》げ、猛《たけ》ったものを取り出した。おっとりと普通っぽい見た目とのギャップのせいか、そこだけやけに獰猛に映《うつ》ってどぎまぎしてしまう。

眼下でぴたりと二人のものが重ね合わされると、その感触と視覚的刺激に一気に頭に血がのぼり、クラッとめまいがした。

健の手に導かれて、二人分の欲望をこわごわと手の中におさめる。恐る恐る動かす手の上から、健の大きな手が添えられて、少し乱暴なくらいに扱《しご》かれた。

「あっ、あっ……やぁ……っ」

「かわいいね。ここ、気持ちいい？」

「……っや」

「女の子とするのと、どっちが好き？」

愚《ぐ》にもつかない質問をするなよと、興奮のあわいに恨《うら》みがましく健を睨《にら》みあげる。そんな瞬介の目力などものともせず、健は余裕の笑みで質問を重ねてくる。

「もう、ナンパなんてしてないよね？」

「……ない」

「山下《やました》くんは俺のものなんだから、フラフラ浮気しちゃダメだよ」

優しく、でも強い口調で束縛系《そくばくけい》の台詞《セリフ》を吐かれて、胸の奥がきゅうっとよじれた。その甘酸っぱい感覚は性感と直結して、瞬介を身悶えさせた。

のけぞった首筋に、健は荒々しいくちづけを落としながら、右手のピッチを早めた。

「あ、あ、あっ、………ん……っ」

意志とは裏腹に、腰が卑猥《ひわい》に動いてしまう。健の性器と手のひらに猥《みだ》りがわしく興奮をこすりつけて瞬介が先にフィニッシュを迎え、荒い息をついて放心している間に、健は自らの手で昂りを処理した。

「気持ち良かった?」

ついばむくちづけをしながら訊《たず》ねてくる健に、瞬介は恥ずかしすぎて「……割と」とそっけない返事を返す。好きな男の手でイかされるのは、本当は腰からとろとろにとろけてしまいそうに気持ちよかったのだけれど。

「物足りなかった?　じゃ、もっと違う器官で気持ち良くなってみる?」

ふざけ半分の口調で覆《おお》いかぶさってくる健を、瞬介は両手で押し返した。

「突っ込むのは俺ですから!」

もはや定番のコントと化しているやりとりに、健が失笑をもらす。だが、瞬介にとっては笑いごとではなかった。

覆いかぶさってくる健の身体は瞬介がちょっと押したくらいではびくともしない。動きを拘《こう》束《そく》される狭いソファの上で、快感に思考を鈍麻《どんま》させられて本気で迫《せま》られたら、自分はきっと健にすべてを明け渡してしまうだろうという予感が、瞬介にはあった。

別にそれでもいいんじゃないかと、うっすら思い始めてもいる。なんだかんだと減らず口を叩いてみせても、男として健の方がランクが上だということはわかっているし、気持ちの通じ合った恋人同士、流れに身を任せて受け入れるのはアリだと思う。

理屈ではそうなのだが、気持ちと身体は、その理論についていかない。

そもそも瞬介はゲイではない。むしろ無類の女好きといってもいい。その年齢の平均をはるかに凌《しの》ぐ場数を踏み、オスとしての自分にそれなりの自信を持っている。プライドだって人一倍高い。

そんな瞬介にとって、いくら好きだからといって同じ男の前で脚を開いてみせるのは、いささか高いハードルだった。

躊躇《ためら》う理由はそれだけではない。抱く側の立場から言って、ものにした相手にはやがて飽《あ》きる。少なくとも瞬介はそうだった。新鮮さを求めて次々女をとり替えた。飽きる感覚を身をもってリアルに知っているから、逆の立場になった今、健にそうされることに強い不安を覚える。

抱かれたら、きっと自分は今よりもっと健にメロメロになってしまう。一方、「男」である健は、じきに自分に飽きるだろう。

日頃は自信満々で、健を落とすことに関しても、最初は「俺の魅力をもってすれば男だってチョロイ」などと鼻息荒く思っていた瞬介だが、いざこうして両想いになってみたら、瞬介同様元々ゲイではない健が、自分のどこを好きになってくれたのかさっぱりわからない。

ことあるごとに「かわいい」と言うが、かわいさなら女子の方が勝っていると思うし、献身的だったり、料理上手《じょうず》だったりというお役立ちポイントもない。ルックスと親の資産は自慢できるけれど、そんなもので健を引きとめておけるわけもない。

そこまで自覚しているなら、少しでも長く引きとめておけるように努力すればいいのだが、プライドの高さがそれを阻むという堂々巡《めぐ》りである。

ボックスティッシュを引き寄せて手早く二人分の後始末をした健は、瞬介の顔を見てくすっと笑った。

「そんな顔しなくても、ここまででお預けなのはわかってるよ。コーヒーでも淹《い》れようか」

一体俺はどんな顔をしていたのかと、ちょっと焦る。それと同時に健の大人の余裕がまた悔《くや》しくて、斜《しゃ》に構えた態度をとってしまう。

「だからさ、一之瀬さんの言い方って、なんで俺が突っ込まれる側前提なの？　俺に突っ込ませてくれるなら、お預けじゃなくて続けてもいいよ？」

さっき健の膝の上で手もなくイかされたのは忘れたことにして、横柄《おうへい》に言ってみる。

「せっかくの提案は嬉しいんだけど」

健はメガネをかけ直し、レンズ越しに瞬介に微笑んでみせた。

「そこは譲《ゆず》れないところだから」

瞬介はわけもなくドギマギとして、頬に血の気がのぼるのを感じた。穏やかで物腰が柔らかくて、恋人の要求ならなんでも「しょうがないなぁ」と笑って聞いてくれそうなのに、肝心《かんじん》なところは決して譲らない男。食われてしまうのは時間の問題だという気がする。

そんな駆け引きに翻弄《ほんろう》され戸惑《とまど》いつつも、健が淹れてくれたコーヒーを飲みながらとりとめのない時間を過ごすのは至福のひとときだった。

今までつきあった女性たちとは、セックスのためだけに会っていたようなものだった。デートらしいデートもほとんどしたことがないし、コトが終わると急速にどうでもよくなるのがいつものパターンだった。別に瞬介が一方的に相手を弄んでいたわけではなく、双方合意の上でのドライな関係だった。

だが健とは、なにをしていても楽しい。ただぶらぶらと街を歩いていても、眠くなるような映画を観ていても、疑似《ぎじ》セックスのあとにこんなふうにコーヒーを飲みながらぼんやりしていても、胸の中はうずうずそわそわしたものに満ちて、退屈感すら無性に心地好い。

テレビのニュースを眺《なが》めている健の肩に、そっと身を寄せてみる。

「どうしたの？　まだ寒い？」

間近に覗きこんでくる顔に、また胸がドギマギとなる。最初は凡庸《ぼんよう》だとあんなに胸の中でこき下ろした健の顔が、今はひどくかっこよく見える、このマジック。

そもそも、第一印象のときに抱《いだ》いた否定的なイメージは、いささか度を超していた。好きと嫌いは同義語だというしのぶの教え通り、多分瞬介は初対面から健のことを意識しまくっていたのだろう。

健の問いかける瞳に、首を横に振ってみせた。寒くないけど、くっついていたいとか。大丈夫かよ、俺。

乙女《おとめ》思考を持て余す瞬介に、健はふっと微笑む。

「かわいいね」

知り合ってから、何度言われただろう。よもやそんな台詞でキュンとくるようになるとは思いもしなかった。

生まれてこの方、こんな気持ちになったことはなかった。身体中が甘酸っぱくて、いつもそわそわふわふわしているような、不安定で幸福で甘切ない感じ。

これが恋というものか。

数百回のセックスをこなしてきた男とも思えない初心な感慨《かんがい》を抱きつつ、瞬介は健の腕に頭をもたせかけた。

# 2

土曜日の朝、夏季休暇中の自堕落《じだらく》な睡眠から瞬介《しゅんすけ》が目を覚ましたのは、すでに正午近くだった。

喉の渇《かわ》きを癒《いや》そうとリビングに行くと、自社製品の花柄《はながら》マイクロファイバーバスローブに身を包んだしのぶが、ソファで脚の手入れをしていた。

海外出張が続き、このところほとんど留守だったしのぶと顔を合わせるのは久しぶりのことだった。

「珍しいね、こんな時間にうちにいるなんて」

「ね。丸一日お休みって一ヵ月ぶりくらいかしら」

それだけ多忙を極めながら、ノーメイクの顔は隈《くま》もくすみもなく、少女のように美しい。

「午前中にゆっくりお風呂に入るのって、この世の幸せベスト3のひとつよね」

「あとのふたつはなに？」

「いかがわしくて子供の前では言えないわ」

そう言っている時点で、充分いかがわしい。

「あなたも入ってきたら?」

しのぶの提案に頷いてみせながら、瞬介はキッチンに向かい、グラスにオレンジジュースを満たした。ちょっと考えてからもうひとつグラスを出して、同じものをしのぶにもサーブした。

「あら、ありがとう」

ちょっと意外そうに目を瞬《しばた》いて、しのぶは向かいのソファに座った瞬介を見た。

ウザい息子はお好みではないようなので、こういうふるまいはあまりしたことがなかったが、最近少し開き直っている。そう、健《けん》とつきあい始めたあたりから。

神経質にしのぶの好みに合わせるよりも、自分の願望のままに動くようになってきた。

珍しく家にいる母親と同じ空間にいたいから、シャワーは後回しにして、ソファに怠惰《たいだ》に寝そべる。

美しい母親のことが大好きで、その好みに添う息子でありたいという気持ちは今も同じだが、それは以前ほど切迫《せっぱく》したものではなくなっていた。健というよりどころができたことで気が楽になって、ウザがられたらどうしようという杞憂《きゆう》なしに、しのぶの前で素《す》を出せる。

テレビをザッピングしながら、しのぶはかかとに丁寧にやすりをかけている。十二センチのヒールを日常的に履《は》きこなすしのぶの足はすんなりと華奢《きゃしゃ》で、かかとは赤ん坊のようにやわらかい。多忙の合い間を縫《ぬ》って、エステや美容皮膚科《ひふか》でのメンテナンスを欠かさないしのぶは、なにを着ていても、いや何も着ていなくても、オフの日にバスローブひとつでくつろいでいてさえ、隙《すき》なく美しい。それでいて、年齢と戦っているという類《たぐい》の必死さは微塵《みじん》も感じられない。きっと五十になっても六十になっても、変わらずにこの美しさなのだろう。

瞬介はソファに右足を引きあげて、パジャマ代わりのショートパンツから伸びた自分の脚をしげしげと眺《なが》めた。ファッションやヘアスタイルにはそれなりに気を使っているが、ボディメンテなど意識したこともない。体毛も体臭《たいしゅう》も極めて薄く、母親譲《ゆず》りの肌はトラブル知らず。贅肉《ぜいにく》もない。しかしさすがにかかとはガサガサしていた。

男のかかとなんてこんなもんだろうと思う一方で、ふと前回健に会ったときのことを思い出した。

初めて一緒に風呂に入り、そのあとベッドで戯《たわむ》れた。もちろんバージンは死守したが、不覚にも指を一本入れられて、自分でもどうかと思うような声をあげてしまった。そのとき、じたばたもがく足を健につかまれて、足裏を舐《な》められた。

土踏まずを辿《たど》る健の舌の感触とその刺激に、体内の指を締めつけてしまった時の感覚が蘇《よみがえ》って、思わずぶるりと身を震わせる。

あのとき、健はこのかかとのガサガサに気がついただろうか。そんなことを考えたとたん、急にかかとの角質が気になりだした。

「……ねえ、それ、借りてもいい？」

ソファの上に置かれていたやすりを指さすと、かかとにクリームを塗《ぬ》りこめていたしのぶが物珍しそうに瞬介を見た。

「どうしたの?」

「いや、なんか面白《おもしろ》そうだなと思って」

「使い方にコツがあるのよ。やってあげるわ」

しのぶがのばしてきた手に、足を委《ゆだ》ねる。小さな室内犬を愛《め》でるように瞬介の足を自分の膝にのせ、しのぶは鼻歌を歌いながらやすりを動かした。

「……そういうの、嫌いじゃなかった?」

「え?」

「いや、息子の足に触るとか、さ」

やすりを止めて、しのぶが目を上げる。エクステをほどこした長い睫毛《まつげ》が、ぱちぱちと上下する。

「あなたが嫌いなのかと思ってたわ。べたべたするの」

今度は瞬介が目を瞬く。俺の被害妄想《もうそう》だったってこと? いや、確かに鬱陶《うっとう》しいと思われていた瞬間はあったはず。でも、それがすべてじゃなかったことも、わかった気がする。

「俺は好きだよ、触られるの。もっと触って欲しいって思ってた」

口にしたことがなかった本音を、ソファに怠惰に寝そべった姿勢でさらっと言ってみた。言葉にしてみたら、少し胸が軽くなった。

「あら、そうなの？　じゃ、爪も磨《みが》いてあげる」

そこまでするのは男としてどうかと思ったが、しのぶは楽しそうだったし、久しぶりのスキンシップは正直とても気持ち良くて、瞬介はされるがままに身を任せた。

「今日はどこも行かないの？」

「んーん。午後はデート。瞬ちゃんも一緒に行く？」

「遠慮《えんりょ》しとく。俺も夕方から予定あるし」

「そっちもデート？」

「友達と夏祭り」

翔《しょう》に、地元の祭りに誘われていた。休日出勤の健も、仕事が終わり次第合流することになっている。

「最近なんだか楽しそうね」

「そっちはいつでも楽しそうだね」

「そりゃそうよ。せっかく生きてるんだから、毎日、どんなことでも楽しまなくちゃ」

そう言うしのぶは、瞬介の爪を磨くのも心底楽しそうだった。

「はい、完成」

ソファにおろされた自分の足に視線を向け、ちょっと引く。まさかこんなにぴかぴかになるとは思っていなかった。まるで透明マニキュアをほどこしたようで、美しすぎて気持ち悪い。

「……これ、変な嗜好《しこう》の人みたいじゃね？」

「全然平気よ。それにどうせ出かけるときは靴《くつ》の中でしょ」

「まあ、そうだけどさ」

充実したスキンシップを堪能《たんのう》して、瞬介はシャワーを浴びるためにソファから立ち上がった。

「ねえ、そんな服、持ってた？」

瞬介が素肌に羽織ったダンガリーシャツに、しのぶが今更《いまさら》ながら目を止めて声をかけてきた。

「ああ、うん。友達にもらった」

適当に流して、バスルームに向かう。洗面台の鏡の前で、ややサイズオーバーなダンガリーシャツを羽織った自分をしげしげ眺める。

前に健から借りたシャツを、そのまま無断借用し続けて部屋着にしている。こなれた生地の長袖《ながそで》シャツは、エアコンの効いた室内ではひどく着心地がいい。羽織っていると健に抱きしめられているような気がするなどという乙女《おとめ》な煩悩《ぼんのう》は、決して口には出せないけれど。

ゆっくりとシャワーを浴びてリビングに戻ると、しのぶが楽しげな顔で待ちかまえていた。

「ねえ、お祭りに行くなら、これを着て行ったら？」

ソファの上には、明るい灰色の浴衣《ゆかた》と黒の帯が広げられていた。

「……どうしたの、これ」

「去年、草刈《くさかり》さんに頂《いただ》いたの。瞬ちゃんにも見せたじゃない」

しのぶの知人の和装店の社長の名前を出されて、「そうだっけ」と記憶を辿《たど》る。

「興味なさげだったから、しまっておいたのよ。ねえ、着てみて」

瞬介の肩からバスタオルを奪い取って、素肌に浴衣を着せかけてくる。

「ほら、似合う。男前よ」

いつになくしのぶが楽しげなので、逆らえなかった。


「うわっ、山下《やました》、ちょーかっこいい！」

待ち合わせの駅前で瞬介の浴衣姿を見た瞬間、翔が目を丸くして駆け寄ってきた。そういう翔も意外にも浴衣姿だったので、道中落ちつかない気分だった瞬介はちょっとホッとした。

「夏祭りかったるいとか渋ってたけど、超やる気満々じゃん」

陽気にはしゃぐ翔を、瞬介は不機嫌に睥睨《へいげい》した。

「母親に無理矢理着せられたんだよ」

「セレブママのチョイスかぁ。道理で俺のと違って生地《きじ》の質感からして違うよね。帯もワンタッチじゃないし」

翔は無邪気に瞬介の周りをくるくる回って、感嘆《かんたん》の声をもらす。

「山下、自分で結べるの？」

「無理」

「じゃ、ア〜レ〜って脱がされたあと、着直すのが大変じゃん」

「つかそれ女子の場合だろう」

「そうだけどさぁ」

なぜか翔は意味ありげな視線を送ってくる。「なんだよ」と問い返そうとしたとき、背後から「あの」と女の子の声が降ってきた。

振り向くと、やはり祭りに遊びに来たらしい浴衣姿の女子二人が、前のめりな笑顔で立っていた。大学生か、下手《へた》をすると高校生かもしれない。

「私たちも二人なんですけど、一緒しませんか？」

同年代以下は興味がないので、一人だったら速攻で断っているところだ。

「……ちょっと作戦タイムをもらってもいい？」

瞬介の甘い笑顔に、女子二人は頬を赤らめて頷いた。

瞬介は翔の肩に手をかけて、数歩離れたところに誘導する。

「どうする？」

「どうするもなにも、山下は年上マニアなんじゃないの？」

「そうだけどさ」

健とつきあい出してからというもの、やたらめったら「かわいい」を連発されて甘やかされ、それは瞬介にとってたまらなく居心地がいいものだったが、一方で自分の男としてアイデンティティを見失いそうな不安感があった。

時にはこんなふうに女の子たちからかっこいい男として熱い視線を向けられるのも悪くはない。

「翔、彼女いないんだろ？　おまえが興味あるなら、つきあってやってもいいと思って」

都合のいい理由をこじつけると、純真な翔は大きな瞳に星を宿らせて瞬介を見つめた。

「山下ってホントに優しいよね」

「じゃ、ＯＫな」

「健ちゃんが合流するまでね」

振り返って女の子たちにＯＫを出そうとしたとき、目の前にすうっと影がさした。

「お待たせ」

スーツの上着を手にかけた健は、翔と瞬介を交互に眺めた。

「二人とも浴衣か。俺だけ場違いだな。行こうか」

状況がわかっていないらしい健は、ポカンとしている女の子たちを置き去りにして、二人を点滅している青信号の方へと促した。

交通規制の敷かれた通りの雑踏に足を踏み入れたところで、健は二人を見おろしてくすっと笑った。

「ナンパの邪魔しちゃった？」

わかってやってたのかよと、意外と食えない男を上目遣《うわめづか》いに見上げる。二人きりなら言い訳を並べたてるところだが、下手なことを言うと翔に健との関係が露呈《ろてい》する恐れがあるので、「ですね」と開き直ってみせる。

「違うよ、健ちゃん。山下は、俺のためにつきあってくれようとしただけだよ」

なぜか翔が瞬介を庇《かば》うような言い訳をする。

「それにしても健ちゃん、早かったね」

「ああ、打ち合わせが一本来週に変更になった。しかし日が暮れても暑いな」

シャツの袖口を折り返す指先の動きに、なんとなく見惚《みと》れてしまう。

「ワイシャツ、半袖にすればいいのに」

「上着の裏地に肌が直《じか》に触れるのが気持ち悪いんだよ。二人は涼しそうでいいね」

ネクタイを引きぬきながら、健のメガネごしの視線がゆっくりと瞬介を上から下へと眺めおろす。

さっき女の子たちから憧《あこが》れの眼差《まなざ》しで見つめられた時の尊大な気分は消え失《う》せ、またそわそわと覚束《おぼつか》ないときめきに全身が支配されていく。

「あ、金魚すくいやりたい！」

夜店の前でしゃがみこむ翔の背後に立って、金魚の群れを覗きこむ間も、なんとなく健の視線を感じて首筋のあたりがチリチリした。

「浴衣、すごく似合うね。色っぽいな」

金魚すくいに夢中な翔には気付かれない小声で、健が耳元に囁《ささや》いてきた。

褒《ほ》められたことが嬉しい気持ちと、もっと普通の格好でくればよかったという居たたまれなさが相半《なか》ばする。翔にはしのぶのせいにしてみせたが、しのぶが出かけたあとに着替えることは充分可能だったのだ。着つけてもらった浴衣のまま出てきたのは、どこかで健の反応を見たいという恋する乙女的願望があったからだ。そのくせ婀娜《あだ》っぽい視線にあぶられ褒められたら、自分の女のような思考回路が急に嫌になった。

自意識過剰《かじょう》の瞬介とは裏腹に、健は何の飾り気もない会社帰りのスーツ姿だというのに、そのありきたりのペンシルストライプのシャツさえ、かっこいいと思ってしまう。

最近俺は頭がおかしい、と、瞬介は思わずこめかみを押さえた。

それらとりとめのない居たたまれなさを除けば、祭り見物は概《おおむ》ね楽しかった。遊園地同様、子供の頃に祭りに連れて行ってもらった記憶はないが、夏の夜の湿った空気に混じる焼きいかの匂《にお》いや、雑踏の埃《ほこり》っぽさ、腹に響くお囃《はや》子《し》の太鼓《たいこ》の音などに身を浸《ひた》していると、妙にノスタルジックな気持ちになって、らしくもなく童心に返ってしまう。翔と一緒に射的や宇宙くじに興じ、歩きながら焼きそばを食べ、少々子供っぽくはしゃいでしまった。

「あー、なんか足が痛くなってきた」

健が二人に買ってくれたりんご飴《あめ》にかじりつきながら、翔が縁石に座りこんだ。

「俺も」

実は瞬介もさっきから鼻緒の擂《す》れが気になり始めていた。

「二人ともおろしたてだろ」

健は苦笑して腰を落とし、翔と瞬介の下駄の鼻緒を、順番に指先で広げてくれた。

「足、ここにのせて」

下駄を預けて宙に浮いた瞬介の片足を、健は無造作に自分の太ももの上に誘導した。

素足で健を踏みつけにしているような、倒錯的《とうさくてき》なポーズに、ちょっとドキドキする。乱れた裾《すそ》が気恥ずかしいなどと思いそうな自分の頭のおかしさに、ドキドキと混乱は更《さら》に深まる。

鼻緒を直す健の仕草は、とても手慣れていた。過去につきあった三人のうちの誰かと夏祭りに行って、こんなふうに鼻緒を直してあげたのではないかと、妄想《もうそう》は膨《ふく》らむ。男の筋肉質な脛《すね》とは違って、裾から女の子の華奢なくるぶしが覗いて見えたりしたら、たまんないだろうな。

お祭りのあとは、きっとどっちかの部屋で、エロいことをしまくったに違いない。

脳裏に渦巻《うずま》く想像は、瞬介に激しい嫉妬《しっと》と興奮をもたらした。浴衣の下で、身体の中心にあやしい熱が集まりそうになる。しかも今、その部分はしゃがみこんでいる健の頭の横にある。

慌てて健の膝から足をどけて身体の向きを変えようとしたが、素足を地面に着くことを一瞬

かき氷

ためらったせいでバランスを崩し、そのまま背後に倒れ込む。

「うわっ」

「ひゃっ！」

幸か不幸か、倒れ込んだのが翔の膝の上だったため、打撲《だぼく》は免《まぬが》れた。

「ご、ごめん」

「平気だけど、山下とも思えないドジっ子ぶり」

尻の下から翔にからかわれ、あやしい熱はなんとか霧散《むさん》した。

「大丈夫？」

健が笑いながら大きな手のひらを差し出してきた。反射的につかまると、ふわっと宙に浮くような力で引き起こされた。

健は祭り提灯《ちょうちん》の灯《あか》りの下で、腕時計に目を凝《こ》らした。

「二人とも足にきてるみたいだし、そろそろ帰ろうか」

「んー。名残惜《なごりお》しいけど、確かにこれ以上歩くのは無理かも」

下駄を足先に浅く引っかけて、翔が肩を竦《すく》めた。

「……ホント、もう無理」

瞬介もかったるそうに同意してみせたが、内心はもの淋《さみ》しさでいっぱいだった。

翔の家は目と鼻の先で、明日は日曜日だ。健はこのあと当然翔と一緒に実家に寄って行くのだろう。もしかしたら泊まっていくのかもしれない。

一人で駅に向かうのが淋しい。でも、そんなことを口にするのは俺のキャラじゃないし。ここはさっさとクールに立ち去るんだと自分に言い聞かせ、「じゃあ」と口にしようとした瞬介に先んじて、

「じゃ、母さんたちによろしくな」

健がそう言って瞬介の隣に立ち、翔に手を振ってみせた。

「え？」

瞬介は思わず健と翔を交互に見やる。

「一之瀬《いちのせ》さん、実家に寄んないの？」

「いや、今日は帰るよ」

さっきまでのもの淋しさはどこへやら、一気に気分が浮上する。しかしブラコンの翔が引きとめてくるんじゃないかと、再び翔に視線を送る。翔はなぜか冷やかすような目で健を見ている。

「送り狼《おおかみ》になって、山下にひどいことしないでよ」

「しないよ。山下くんは見かけに寄らずえらくガードが固いから」

兄弟の会話を目と耳で追って、しばしその意味を考えてから、「え？」と瞬介は声を裏返した。

なにそれ？　まるで翔が、一之瀬さんと俺の関係を知っているようなやりとりじゃないか。

顔中に疑問符を浮かべて目顔で問うと、健はのどかに微笑んだ。

「あ、言ってなかったっけ？　きみとのこと、翔には話したから」

恐ろしいことをさらっと言われ、一気に血の気が引く。一瞬後には引いた血が倍量になって戻ってきた。

「は、話したって、なんで、どうして、」

動揺しまくる瞬介に、翔が苦笑いする。

「ねー、俺も最初はびっくりしちゃった」

ははははと能天気に笑う翔に、あいた口がふさがらない。はははとかいう問題じゃないだろう。

「でもさ、健ちゃんの彼女がいつか俺のお義姉《ねえ》さんになるとか考えても、今まで全然ピンとこなかったけど、山下ならなんかしっくりくるなーって。家族旅行とか行っても、山下と一緒なら楽しそうだし」

出会いからして天然すぎる奴《ヤツ》だったが、やはり翔は明らかにネジが一本飛んでいる。

パニクり過ぎてそのあと翔とどんな会話を交わしたのかも記憶にないまま、気がつけば健と一緒に駅に向かって歩いていた。

足の痛みを楽にしようと浅く履いた下駄のせいで足元がおぼつかず、少し歩くごとにかくっとコケそうになる。

「大丈夫？」

気遣うように言って歩調を緩《ゆる》め、健はナチュラルに瞬介の手を握ってきた。

「……一之瀬さん、頭おかしい」

「え？」

「こんなところで手とか繋《つな》いで、人に見られたらどうすんの」

「別に気にしないけど」

兄弟そろってどうかしている。

「それに、俺とのことを翔に話すなんて、なに考えてるんだよ」

「だって一生黙ってるわけにもいかないだろ」

瞬介は思わず傍《かたわ》らの健を振り仰《あお》いだ。

「一生って、俺と一生つきあうつもりでいるの？」

健はメガネの奥の目を丸くした。

「そういうきみは、じゃ、俺のことを弄《もてあそ》んで適当なところで捨てるつもり？」

「そ、そんなこと、言ってない」

「うん。じゃ、いいだろ？　翔の友達と真面目《まじめ》なつきあいをさせてもらってるんだから、翔に話しておくのは筋だと思う」

繋いだ手に汗が滲《にじ》んで、胸が変に甘酸っぱくずきずきした。

家族に紹介するとかされるとか、そういう恋愛を瞬介はしたことがない。大概《たいがい》は世間を忍ぶ関係だったし、そもそもあれらは恋ですらなかった。

初めて好きになった相手が、自分との交際を身内に打ち明けるほど真剣な好意を抱《いだ》いてくれている。そう思ったらもはや立っているのも困難なくらい身体中がぐにゃぐにゃして、このまま軟体《なんたい》動物になって路上にずるりと流れ出してしまいそうだった。

どうしよう。どうしていいのかわからない。ふと左手に握りしめたりんご飴のことを思い出す。洗っていないりんごに、歯の詰め物が取れそうな厄介《やっかい》な飴をからめた、シュールな食べ物。特に好きなわけでもないのに、夜店で見かけるとつい欲しくなってしまう。

浴衣につきそうで持て余していたそれを、間を持たせるために唐突に口に運ぶ。

男に手を引かれて、りんご飴を食べる自分という図が、居てもたってもいられないほど恥ずかしくてムズムズする。

どこに歯を立てたらいいのかわからない、とっかかりのないりんごを、首を少し傾けて舐《な》めていたら、見下ろしてくる健の意味ありげな微笑と目が合った。

「……なに?」

「いや、すごくエロいなと思って」

これ以上ないほど、耳が熱くなる。

「そっちこそ、人畜無害なリーマンの顔して、実は超エロエロ魔人じゃん」

恥ずかしがっているなんて思われるのも癪で、だからわざと下卑《げび》た仕草でぺろぺろとりんご飴に舌を這《は》わせてやった。健は否定もせずに笑っている。

あたかも何かになぞらえたかのようにからかうけれど、実際に瞬介が健の何かを舐めしゃぶったことはないし、健にされたこともない。毎回されそうになるけれど、全力で拒《こば》んでいる。だから余計に恥ずかしくてぞくぞくする。こんなふうに舐めたら、舐められたら、きっと俺は本当に頭がおかしくなって、どうにかなってしまうだろう。

駅に着く手前で健はタクシーを拾い、運転手に自分のマンションの所在を告げた。

走りだした車の中で、横目に瞬介に微笑みかけて小声で訊《たず》ねてくる。

「それとも、自宅に送っていった方がいい？」

瞬介はかぶりついたりんご飴と同じくらい赤くなっていそうな自分の頬を意識しながら、首を横に振った。

こんなに身体中に熱がこもった状態で一人きりの家に送り返されたら、欲求不満で死んでしまう。

タクシーがマンションに到着し、健の部屋に入ったとたん、玄関先でどちらからともなく唇を重ねた。

「甘いね」

瞬介の唇を舐めて、健が呟く。

そのままもつれるようにベッドに連れ込まれ、押し倒されたところで、まだりんご飴を持ったままだったことに気付く。

「どうしよう、これ」

「服につくとベタベタするから、気をつけて」

健は冗談めかして笑う。ベッドや床に置くわけにもいかず、瞬介はたいまつのようにりんご飴を捧《ささ》げ持った間抜けな体勢で、健のくちづけを受ける。汗と整髪料の混じり合った健の匂いにひどく興奮して、身体中がずきずきと早い脈を打ち始める。

「コスプレ趣味とかないのに、きみの浴衣姿はそそられるな。脱がせたくてたまらなかったよ」

「……変態」

「うん」

あっさり肯定《こうてい》して、メガネをベッドヘッドに置いた。

くちづけはいつになく濃厚だった。

「ん…っ……っ……」

脱がせたいと言いながら、実際には健は帯をほどこうとはしなかった。襟《えり》の合わせ目から滑《すべ》り込ませた指先で瞬介の肌をまさぐり、衣紋《えもん》から覗くうなじに唇を這わせる。徐々に打ち合わせが乱れて剝《む》き出《だ》しになっていく下肢《かし》の間に健の腰が割り込んできて、興奮の形が擦《こす》れ合《あ》う。

耳の下から顎《あご》にかけての首筋の皮膚を、念入りに健の唇が這う。女の性感帯がそのあたりにあることは、瞬介も経験上よく知っていたが、自分も同じようにそこで感じることは、健に初めて教えられた。首筋の愛撫《あいぶ》だけで、イってしまったこともある。

やがて首筋を離れた唇は、浴衣の上から胸を辿り、下へ下へと降りていく。

「……っは、ぁ……ん、んっ」

布地越しの愛撫のもどかしさに身悶《みもだ》えるうちに、健の唇は帯の下までおりていた。

その意図を悟って、瞬介は慌てて首を起こした。

「ちょ、待って、」

「ほら、飴がつくよ」

押しのけようとした手を、逆に押し返される。

唐突に、おかしなことを思い出す。小学校の臨海学校で泳いでいる際に尿意《にょうい》を覚えて教師に訴《うった》えたら、水中で用を足してしまえと笑われた。その対応もどうかと思うが、実際試してみたら、どうしても出せなかった。いつもと違う体勢で、しかも水着をつけたまま、意識では出そうとしても、身体が言うことをきかない。身に沁《し》みついた習慣は、いつの間にか身体の機能すら支配しているものだ。

なぜそんなことを思い出したのかといえば、手に持ったりんご飴のせいだ。動きの自由を奪っている厄介な代物《しろもの》。ベッドに放り出してしまえばいいのに、ベタベタの飴をシーツに置くことを習慣が拒否する。自分や健の服につきそうになると、つい気になってしまい、そのせいでガードが甘くなる。

油断した隙に、下着をずりおろされ、すでに芯を持ち始めているものをあらわにされた。露出《ろしゅつ》した濃い紅色の先端に、健の唇が触れる。身体の中を電気が走ったみたいに、腰が跳ね上がる。

「やっ、やだ、それ、」

瞬介はかかとでずりあがって逃《のが》れようとしたが、健に膝頭をつかまれ、更に脚を割り広げられた。

「や……」

「どうしていやなの？　何度もされたことあるだろ？」

確かに、女性たちには何度もしてもらったことがある。それは、ある種男の征服欲を満足させる行為だったし、嫌いじゃなかった。

しかしなぜか健にされるのは居たたまれないほど恥ずかしい。征服欲を満たすどころか、逆に自分が征服されていくようで、恥辱《ちじょく》と淫靡《いんび》さばかりを感じてしまう。

「大丈夫だよ、気持ちのいいことしかしないから」

瞬介の複雑な心中をわかっているのかいないのか、健は優しい、でもどこかオスの獰猛《どうもう》さを感じさせる声で言って、瞬介の興奮に舌を這わせた。

「あ…んっ、んぁ、やぁ……」

「ほら、きみはこれでも舐めておいで」

りんご飴を口元に誘導される。もうどうしていいのかわからなくて、混乱し過ぎて、言われるがままに瞬介はりんご飴に舌を這わせた。

瞬介の舌の動きに、興奮を辿る舌の動きが連動する。身体中がぞわぞわと熱くなって、頭が変になりそうだった。

朦朧《もうろう》と舌を動かすうちに、健がわざと瞬介の動きに合わせていることに気付く。羞恥《しゅうち》と快楽でとろけ切った顔を下から観察されていると思うと、更に恥ずかしさと興奮が増した。

「ん……っん……っ……」

まるで自分で自分を舐めているような倒錯的《とうさくてき》な快感に、鼻にかかった甘えた喘《あえ》ぎ声《ごえ》がこぼれ出る。チロチロと舌を動かせば同じようにチロチロと、ねっとりと舐めあげればねっとりと、大きな舌が興奮の形を念入りに辿っていく。

口の中が飴の甘さでべとべとになった頃、不意に全体を健の口の中に包み込まれた。

「ひゃっ」

そこで蠢《うごめ》いていたのは自分の舌ではなくて健の舌だという当たり前のことを俄《にわ》かに思い知らされ、瞬介は頭をのけぞらせた。

「あ、や、ダメ、ダメッ、イッちゃう……！」

何十回と経験のある行為なのに、女性の口と男の口では大きさも奥行きも全然違う。厚ぼったい舌を絡められ、強く吸われながら扱《しご》かれたら、ひとたまりもなかった。なにより同性だけに、ツボを知りつくしている。

「あっ、あっ、や……っ」

知らず腰が振れて、健の口の中でいき果ててしまった。それだけでも死ぬほど恥ずかしいのに、健は上目遣いに瞬介を見つめながら、喉を鳴らして瞬介の放ったものを飲み下した。

視界に薄桃色の霞《もや》がかかり、羞恥で死んでしまいそうになる。

性別母親な女と結婚して、平凡な家庭を築きそうだなどという健の第一印象は、もはや完全に塗り替えられていた。

全身を上気させて放心状態に陥《おちい》っている瞬介を、健は満足そうな微笑みを浮かべて見つめてきた。

「かわいいね」

言葉の凶器にいたぶられ、ぞくんと背筋が震える。

「山下くんってすごく感度がいいね。こんな敏感な身体で、よく女の子を抱けたよね」

揶揄《やゆ》するというより、心底不思議そうな顔で早漏《そうろう》呼ばわりされて、限界まで熱くなっていた耳たぶが、更に熱を持つ。

「ち、違う!」

「え?」

「むしろ、最近は遅いくらいだったのにっ」

遊び相手の女性たちがどんなにエロい体位をとろうが、ＡＶみたいな声をあげようが、大して興奮もしなくて、最終的には強引なピストンによる物理的刺激のみで達していた。

「それって、相手が俺だから、簡単にイッちゃったってこと？」

「……っ」

「嬉しいな」

愛《いと》おしげに言って、耳元にキスしてくる。また身体の芯がゾクリとして、興奮がぶり返しそうになる。

「帯、苦しくない？　ほどいてあげるよ」

仰向《あおむ》けに横たわっている瞬介を、健が軽々と横向きに転がす。

健の手で、帯が解かれていく。

「……一之瀬さん、帯、結べる？」

「いや、ごめん」

健は失笑をもらした。

「あとでネットで調べてみるよ」

奇《く》しくも翔の予想通りの展開になってしまった。

りんご飴の残骸《ざんがい》を右手から左手に持ち替えて浴衣を脱がされながら、今後の展開について想像を巡《めぐ》らせる。今日こそは済《な》し崩しに最後までやられてしまうのだろうか。それとも、まずはお返しに俺も口でした方がいい？　どちらも想像すると頭を抱《かか》えて部屋中を走り回りたくなる。嫌なわけではない。嫌だったら、こんなにゾクゾクと身体中が熱を持ったりしない。多分、怖いのだ。自分がどんどん作りかえられていってしまうことが。

「今日、泊まれる？」

健に訊《き》かれて、処女の花嫁《はなよめ》のごとくドキドキする。そもそも処女の花嫁なんて絶滅危惧種《きぐしゅ》かもしれないけれど。

「……うん」

「じゃ、先にシャワーを浴びておいで。パジャマ代わりに何か探しておくから」

健のさばさばとした口調からして、コトに至る前のシャワーではなくて、終了のシャワーだと悟って、瞬介は胸を撫で下ろした。

なんだかんだ言っても、健は瞬介が本気で嫌がることを強引に押し切ったりはしない。

心底ほっとしている裏で、少し拍子抜けしている自分がいるのもまた本当だった。最後までされるのが怖いのも本当だが、愛し合ってとろける快楽に弱いのも本当。

パンイチで片手にりんご飴というおかしな格好で、足を振り子にして身を起こそうとしたとき、浴衣をハンガーにかけて戻ってきた健が、ふとその足先をつかんだ。

「そういえば、鼻緒の擂れ、大丈夫？」

「んー、まだちょっとヒリヒリしてるけど」

健は瞬介の足をつかんだまま、軽く目を見開いた。

「さっきは暗くてよく見えなかったけど、足、すごくきれいだね。ペディキュア？」

「え？　ああ、違う、磨いただけ」

まさか健に気付かれると思っていなかったので、ちょっと焦《あせ》ってしまう。

「すごいな、かかともすべすべで女の子の足みたいだな。足の手入れとかするんだ」

「し、しないよ、普段は全然。今日はたまたま」

「たまたま？　浴衣で素足になるから？」

「そういうんじゃなくて、あの、」

言い訳がしどろもどろになるのは、いい歳をして母親にやってもらったなどと言うのが恥ずかしかったせいもある。それに、そもそも気まぐれにしのぶに磨いてもらった発端《ほったん》は、健にされた行為を思い出してのことだったから、余計に動揺してしまう。

引いたはずの熱がまた戻ってきて、瞬介の裸の上半身をうっすら桃色に染めていく。

健は、目を細めて瞬介の変化を見下ろしている。

「……もしかして、この前俺がここを舐めたことと関係ある？」

土踏まずを親指の先で逆撫《さかな》でされて図星を指され、瞬介は身体をびくつかせた。

「ち、違うから！」

健に触られることを意識して、足の先まで入念に手入れしてきたなんて誤解されるのは、全裸で逆立ちして皇居一周するくらいのレベルで恥ずかしい。しかし口では否定しながら、どんどん熱くなっていく頬が、誤解に変に信憑性《しんぴょうせい》を与えている気がする。

「かわいいなぁ」

「だからっ、マジで違うし！」

いくら否定しても、もう手遅れのようだった。

「今日はワンステップ進ませてもらったから、ここでやめておこうと思ってたんだけどな」

ベッドの脇に腰を屈《かが》めた健が、苦笑を浮かべて瞬介の足の先に唇を寄せてくる。

「きみがあんまりかわいいから、もうちょっと続きがしたくなっちゃった」

「続きって、あの……」

「これ、邪魔だね」

瞬介の手からりんご飴の残骸《ざんがい》を取りあげた健は、ダストボックスに捨てに行く間ももどかしいとばかりに、それを無造作にシーツの端に置いた。瞬介は目を剥いた。

そんなところに直《じか》に置いてんじゃねーよ！　つか置いていいなら最初に言えよ！

外見とは裏腹に、健は自分よりはるかに容易《たやす》く習慣や常識を打ち破れる男なんだと、変なところで衝撃を受ける。

そもそも、生粋《きっすい》のゲイでもないのに躊躇《ためら》いなく瞬介の性器を咥《くわ》えたり出来る時点で、充分非常識ではあるが。

覆いかぶさってきた健は、さっきとは違って剝き出しになった瞬介の上半身に丹念に唇を這わせてきた。

「や、ちょ……っ……んっ」

軽い抵抗を試みたものの、胸の突起を舌と指先で執拗《しつよう》にいじめられて、若い身体はまたすぐに熱を蓄《たくわ》え、男の愛撫にぐずぐずに溺《おぼ》れていく。

過去につきあった相手に、こんなに熱心に性器以外の部分に奉仕してもらったことはなかったし、逆に男の立場として、こんなふうに熱心な愛撫をほどこしたこともなかった。突っ込んで気持ち良くなれればいい、そんな身勝手なセックスばかりを重ねてきた。

健はいつも、自分より瞬介の快感を優先する。瞬介の「いや」が本当にいやなのか、心と裏腹の喘ぎ声なのかを聞き分けて、巧《たく》みに快楽を引き出していく。

健の大きな手のひらを二度目の絶頂で汚し、更に三回目の昂《たかぶ》りへと導かれながら、身体をうつ伏せにされて、腰を上向かされた。

熱に浮かされて甘い喘ぎをこぼしていた瞬介は、その淫《みだ》らな姿勢に一瞬理性を取り戻す。

「やっ、それヤダ!」

征服される恐怖に竦み上がって逃げようとする瞬介の身体を、健が優しく引き戻して、背後から耳たぶにくちづけてくる。

「大丈夫、最後まではしないから。ここで繋がるのは、きみがちゃんとその気になってからって決めてる」

真摯《しんし》な声に、少しほっとして身体の強張《こわば》りをゆるめる。その瞬間を見すましたように、後ろにぬめった指先が忍び込んできた。

「っ、やぁ……ばか、しないって言ったくせに……っ」

「指だけだよ。この間もここで気持ち良くなれただろ？　力抜いて」

「やっ、や……」

穴の位置は違えど、これは完全に女が取らされる姿態だと、羞恥と屈辱に唇を噛む。

「つ……突っ込むのは、俺の方だって、言…て、る、だろっ、あっ！」

もはやこの先形勢逆転できるとも思えないし、正直自分が挿《い》れたいなどという気持ちはすでに皆無だったが、プライドだけはスカイツリー並みに高い瞬介は、尚《なお》も口先の抵抗を試みる。

「大丈夫だから、リラックスして」

なにがどう大丈夫なんだよ!?　俺は微塵《みじん》も大丈夫じゃないからっ！

ツッコミを入れたいのに、口を開けばこぼれるのは自分のものではないような鼻にかかった喘ぎ声ばかりで、耳を覆いたくなる。

「はっ、ん、あ……やっ！」

健の指が一旦《いったん》引き抜かれたと思ったら、質量を増して再び奥へと分け入って来る。指の本数を増やされたようだった。圧迫感から逃れるように腰を引くと、前をいじっている方の健の手に興奮をこすりつけるような格好になってしまい、瞬介は声を裏返した。

「ひゃ……っ」

「気持ちいい？」

「ち、ちがっ、ふざけるなよ、こんな恥ずかしい格好、させて……」

「恥ずかしいことなんてないだろ。誰が見てるわけじゃなし」

あんたが見てるだろ！　それが一番恥ずかしいんだよ!!

しかし抗議はやっぱり声にはならず、長い指先で奥を刺激されると、あやしい疼《うず》きに腰が揺れ、たまらずにシーツに額を擦りつけた。

「っばか、あ……変態、やだ、あ、やだって、そこ……っ！」

拒《こぼ》む言葉と共に悪態をつきながら、本当は意識が飛びそうなくらい感じまくっていた。健だって、瞬介が本気で嫌がっているわけではないことは完全にわかっているだろう。自分が放ったものをまとって滑《なめ》らかに動く健の指を、意志とは無関係に身体が勝手にきゅうきゅう締めつけてしまう。もっと質量のあるもので、もっと奥を突いて欲しいというあやしい渇望《かつぼう》が、喉がからからに渇いた時に水を切望するのと同じくらいの強さでこみあげてくる。

どうしよう。あとちょっとこれを続けられたら、きっと自ら挿れて欲しいと懇願《こんがん》してしまうだろう。

いっそ自分に正直になってそう言ってしまったら、すごく楽になれそうな気がする。

けれど男としてのプライドがそれを許さない。この期《ご》に及んでプライドも何もあったものではないが、なまじ経験値が高いだけに、素直に受け身の立場になどなれはしない。

気持ちいいのに、気持ちいいと言うのがたまらなく恥ずかしい。

挿れて欲しいなんて口走るくらいなら、この場で切腹した方がましだ。

本当は、プライドだけの問題ではなかった。愛されている状態が、幸福すぎて空恐ろしい。健が、身内にカミングアウトするほど真剣に自分を想ってくれていることがたまらなく嬉しくて、その絶頂の嬉しさを味わってしまったせいで、健の気持ちが薄れることが極度に恐ろしかった。

恋愛感情なんて幻想だ。瞬介はそれを身をもって経験してきた。自分が過去の女たちに飽《あ》きたように、抱く側である健はじきに自分に飽きるに違いない。

相手に全部を許して自分をさらけ出す快感を知ってしまったら、失ったときにきっと自分は壊れてしまう。

後ろを探っていた指が、不意に引き抜かれる。背後でベルトのバックルが金属音を立て、瞬介は思わずごくりと唾《つば》を飲み込んだ。

首だけで背後を振り返ると、スラックスの前を寛《くつろ》げる健と目が合った。自分を見下ろす男の熱を帯びた目に、脳内のどこかが焼き切れたようにチリッと痺《しび》れた。

「……そんな格好でそんな目で見られたら、何もしないうちに爆発しちゃいそうだな」

腿《もも》の付け根に、熱くて固いものがひたりと押し当てられて、瞬介は背筋を震わせた。

「やだっ、ばかっ、挿れないって、言った、」

「うん、大丈夫だから」

健のものは太腿の後ろを滑り、脚の間から瞬介のものを擦りあげた。

「あ、あっ、あっ……ん……」

手での刺激とは違う淫靡な感触に、瞬介の中心もあっという間にいきりたっていく。

脚の間を抜き差しするものと、耳元に注ぎ込まれる健の荒い息に官能を刺激され、健が到達する時には瞬介も一緒に三度目の絶頂を迎えた。


本番以外はすべてやりつくし、身体は幸福な疲労感で重だるかった。濡れた髪を拭《ふ》きながら寝室に戻ると、先にシャワーを浴びた健が、真新しいTシャツのパッケージを開封して手渡してくれた。

さっきまでのオスの猛々《たけだけ》しさはどこへやら、表情はいつもの紳士顔だったが、まだ裸のままの上半身の意外な逞《たくま》しさにどぎまぎしてしまう。

つい今しがた、あの身体の下に組み敷かれていたのだと思うと、うっかりまた身体が熱を帯びそうになって、瞬介は慌てて借り物のTシャツに頭を突っ込んだ。

「あ、そういえば俺、一之瀬さんのシャツ借りっぱなしだった」

ふと思い出して呟く。

「そうだっけ?」

「忘れてたならもらっちゃってもいい? 実はパジャマにしちゃってるんだ」

「俺の普段着は、御曹司《おんぞうし》にはパジャマ扱いかよ」

健が失笑をもらす。

そういう意味ではなかった。あのシャツを着て寝ると健に抱きしめられているみたいで気持ちがいいからだ。しかしそんな甘ったるいピロートークを披露《ひろう》するのは恥ずかしすぎて、瞬介は誤解を訂正しないままベッドにだらりと横になった。

「髪、乾かさないと風邪《かぜ》引くよ」

「うん」

答えながらも動かない瞬介に、健が傍らに寄ってきた。

「だるそうだね」

「……逆さにしてももう何も出ないくらい、絞《しぼ》りつくされたから」

照れ隠しにわざと下卑た口調で言うと、健は苦笑いで髪を撫でてくれた。

「ごめん、ちょっとしつこかったよね。きみがあんまりかわいいから、つい」

歯の浮くようなことを言って、健は日付が変わりかけている時計に目をやった。

「泊まること、家に連絡しなくて平気？」

「うん。どうせ今夜は母親も留守だから」

「明日はドライブにでも行こうか。海と山、どっちがいい？」

「海」

「了解。何かおいしいものでも食べてこよう」

二人でタブレットを覗きこみ、ドライブコースを検索して、あれこれ明日の予定を練った。めためたに愛されたあとに、二人で休日の予定を考えるのは、なんとも楽しい時間だった。

健の携帯が鳴りだしたのはそんなほのぼのとした幸福感に浸《ひた》っている最中だった。

「なんだろ、こんな時間に」

健は訝《いぶか》しげに携帯を覗きこみ、「部長だ」と眉間《みけん》にしわを寄せた。

「ちょっとごめんね」

瞬介に断って身を起こし、通話に応じる。

断片的に聞こえる会話で、半分くらいは内容が伝わってくる。胸の中で膨らんでいた幸福感が、見る間にしぼんでいく。

通話を終えた健は、ため息交じりに瞬介を振り返った。

「仕事？」

「ああ、ごめん、明日ダメになった。同僚が虫垂炎《ちゅうすいえん》で救急搬送《はんそう》されて、明日の接待ゴルフの代打を頼まれた」

「うん、大体聞こえてた」

瞬介は落胆《らくたん》を押し隠して、まったく気にしてませんという口調で応じた。

「海は来週にしよう」

「別にいいよ。どっちか選べっていわれれば海だけど、基本、俺、インドア派だから。それに、さっき色々されまくって疲れたから、明日はダラダラしてる方がいいな」

「クールだな」

健が苦笑いを浮かべる。クールと思ってもらえたならよかった。

「ゴルフなら朝早いんでしょ？　もう寝よう」

瞬介はタブレットのフラップを閉じて、ベッドの端に追いやった。

健がドライヤーを持ってきて髪を乾かしてくれている間に、眠ってしまったふりをする。

内心は子供じみた鬱憤《うっぷん》でいっぱいで、とても眠れそうになかった。

接待ゴルフの代打ってなんだよ。俺より仕事が大事かよ。大体、しがないサラリーマンだからそんな理不尽な命令に従わなきゃなんないんだろ。もっとエグゼクティブな男になれよ。

心の中で悪態をついてみるが、エグゼクティブになればもっと自由がきかなくなることは、最近一ヵ月休みなしだった母親を見ていればわかることだ。

それが仕事というもので、そこを割り切るのが大人というもの。そんなこと、瞬介だって充分わかっている。

俺はこんな人間じゃなかったはずだ。テレビドラマで「私と仕事とどっちが大事?」なんていう女優を見て、いくらフィクションだってアホ過ぎるだろうと嘲笑《ちょうしょう》していたのに。今まさに健に対して、その台詞《セリフ》通りのことを思っている自分がいる。

瞬介が今まで同年代や年下とつきあわなかったのは、まさしくこういう稚拙《ちせつ》な執着《しゅうちゃく》が鬱陶しいからだ。その鬱陶しい人間に自分が成り下がるなんて。

こんな執着は、絶対に健に知られてはいけない。こんなウザい一面が露呈したら、きっとドン引かれて捨てられる。もっとクールで自立した大人にならなくては。

でも、クールってどんなだろう。少なくとも尻の穴に指を突っ込まれて、アンアン言いながらイってしまうようではクールとは言えない。先程の痴態《ちたい》を思い出して瞬介は顔を赤らめた。

健に見限られないためには、少なくとも元の自分を取り戻さなければと、見当違いの方向に思考を暴走させる瞬介だった。

# 3

一之瀬《いちのせ》さん、もうゴルフ終わったかな。今頃、接待相手とランチとかしてんのかな。

天蓋《てんがい》つきの円形ベッドに仰向《あおむ》けに寝そべって、瞬介《しゅんすけ》は大きなため息をついた。

「ちょっと瞬ちゃん、やる気あるの？」

いつの間に風呂からあがったのか、丈《たけ》の短いセクシーなバスローブに身を包んだニーナがベッドの脇に仁王立ちしていた。

「自分から呼び出しておいて、なにその無気力な顔」

「あ、悪い」

人形のように整った相手の顔に、瞬介は心のこもらない詫《わ》びを呟く。

今朝《けさ》、健《けん》をゴルフに送り出したあと、かつてのセフレであるニーナに連絡をとった。面倒くさいのでつきあいの切れた女のアドレスは大概《たいがい》消去してしまうのだが、ニーナは母親の会社の専属モデルで、たまに顔を合わせることもあるため、連絡先が残っていた。

健と対等なクールな大人の男であるために、一晩考えて瞬介が思いついたのは、ひとまず女をアンアン言わせることができるか試すことだった。

自分の男としてのアイデンティティに瞬介は危機感を覚えていた。最近健にすっかり主導権を握られ、女みたいに喘《あえ》がされたせいで思考まで女性化してきて、仕事を優先されたことに憤《いきどお》ったり、捨てられることに怯《おび》えたりしているのではないかと推測したのだ。

まずは男としての矜持《きょうじ》を取り戻さなければと、かつてのセフレを誘って昼間からラブホテルにやってきたのだった。

交際相手がいながら、別の相手とのセックスを試みるのは、社会通念的には不貞行為である。だが瞬介の頭の中に、これが健への裏切りだという感覚は微塵《みじん》もなかった。かつての爛《ただ》れた性体験により常識感覚が麻痺《まひ》しているところもあったし、なにより、ニーナとの間に恋愛感情は介在しないのだから、これは裏切りなどではない。

「瞬ちゃん！　マジでやる気ないなら、私帰るよ？」

仰向けのまま思考を巡《めぐ》らせ続ける瞬介に、ニーナは口を尖《とが》らせて枕元のアメニティを投げつけてきた。

顔にぶつかる寸前にキャッチしたのは、ラブローションの小袋だった。これを性器に垂《た》らして愛撫《あいぶ》してもらうと最高に気持ちいいのだが、ローションとコンドームは相性が悪い。今日は男の矜持を試しにきたので、名残惜《なごりお》しいけれどこれはやめておこうと、無造作にチノパンのポケットに突っ込む。

「ごめん、怒んないでよ」

女たちを虜《とりこ》にする端整なマスクに甘えた笑みを浮かべて、ニーナの腕を引いてベッドに引っ張り込んだ。

組み敷いた身体の華奢《きゃしゃ》さと柔《やわ》らかさに、ちょっとびっくりする。ニーナは瞬介と変わらないくらい長身だが、その柔らかさや肌の滑《なめ》らかさは、あくまでもか弱い女性のものだった。

自分が誰と比べてそんな感慨《かんがい》を抱《いだ》いているのかすぐに気付いて、舌打ちする。今は健のことを考えている場合じゃない。いや、健との今後を考える上でも、対等な男であるために、このミッションを無事クリアしなければ。

「ちょっとぉ、舌打ちってなによ」

ニーナがバービー人形のように整った顔で睨《にら》みあげてくる。

「あ、ごめん」

「瞬ちゃん、今日おかしいよ？　柄《がら》にもなく謝ってばっかで、心ここにあらずって感じ。大体、服装からしていつもの瞬ちゃんじゃないよね」

瞬介は顎《あご》をあげて、自分の服を眺《なが》めやる。健のマンションを出てその足でニーナと待ち合わせしたので、身にまとっているのは借りもののTシャツとチノパンだった。ウエストがゆるいパンツをベルトで腰穿《ば》きにして、長すぎる裾《すそ》は脛《すね》の半《なか》ばまでロールアップしてある。

ナチュラル系の雑誌の街角スナップとして取り上げられそうなくらいには着こなせていると

思うが、いつもの瞬介のスタイリッシュなファッションとはかけ離れている。

「ごめん」

「ほら、また。久しぶりのお誘いだから、友達との約束をキャンセルして来たのに」

「悪かったって」

つべこべと責めたててくるうるさい口をキスで塞《ふさ》いでみるも、ルージュで重く湿った唇に閉口する。風呂に入ったんだから、化粧も落としてくればいいのに。

甘ったるいフレグランスも、ふにゃふにゃとやわらかい乳房《ちぶさ》も、蜂《はち》みたいにくびれた華奢なウエストも、すべてがなんだかしっくりこない。

なんでもかんでも無意識に健と比べている自分がいやになって、荒々しくDカップの乳房を揉《も》みしだくと、ニーナが悲鳴をあげた。

「痛いってば」

「あ、ごめん」

この程度の力じゃ、一之瀬さんはびくともしないのに。……ってだから考えるなって言ってるだろう!

自己嫌悪に、髪をかきむしりたくなる。

「もう! ちょっとどいて」

ニーナは腹立たしげに瞬介の下から這《は》い出《だ》した。

「私がしてあげる」

瞬介をベッドに座らせると、ニーナはバスローブを脱ぎ棄《す》てて、惜しげもなくその美しい裸体を晒《さら》す。瞬介のチノパンの前を開いてそこに顔を伏せ、エロティックな仕草で瞬介のものに舌を這わせた。

世界中の男に羨《うらや》まれそうな奉仕であり、煽情的《せんじょうてき》な眺めだった。

そうだよ、こんなナイスバディなモデルだって、俺は電話一本で呼び出せる男なんだぜ。

ワイルドを気取って自分を鼓舞《こぶ》してみたが、しかし舐《な》めたり吸われたりしても、瞬介のそこははかばかしい反応を見せなかった。

昨夜三回もイかされたことを思えば、それも仕方ないのかもしれないが、矜持を取り戻すどころか、却《かえ》って男としての自信は失われていった。

結局なにもできずに終わった瞬介を、ニーナは苦笑いで慰《なぐさ》めてくれた。

「大丈夫。男の人は女よりデリケートだっていうから、こういうこともあるわよ」

罵《ののし》られるより哀《あわ》れまれる方がより傷つくということを、瞬介は初めて知った。

大人の余裕か、何ごともなかったように身じまいするニーナを眺めながら、ふと考える。

逆の立場だったら、俺はどう感じるだろう。俺の手管《てくだ》に一之瀬さんが何の反応も示さなかったら、俺ってそんなに魅力ないのかなって、すごい傷つきそうな気がする。

自分を誰かになぞらえてみるなど、思えば生まれて初めてのことだった。

「ニーナ」

「なあに」

「あの……ごめんなさい」

神妙に謝ると、スカートのファスナーをあげていたニーナが手を止め、珍しいものでも見るような目で瞬介を振り返った。

「ホントにどうしたの、瞬ちゃん」

「友達と約束あったんでしょ？　邪魔してごめん」

「別にいいよ。久しぶりに瞬ちゃんに会えて嬉しかったから」

男としての俺の魅力ゆえにそう言ってくれているなどとは、もはや思わない。姉的な慈悲心《じひしん》と、sweet angel のモデルとしての気遣《きづか》いなのだろう。

「なんか弱ってる瞬ちゃんって新鮮だね。ちょっと萌《も》える」

ニーナはそう言って、部屋の利用時間いっぱい瞬介に膝枕をしてくれた。


ラブホテルを出てニーナと別れたのは、夕方六時過ぎだった。冬ならばすでに真っ暗な時間なのに、まだ真昼のように明るい街に、瞬介は目を眇《すが》めた。

なにをするのも億劫《おっくう》だ。家に帰るのも面倒くさい。

翔《しょう》でも呼び出して、飲みにつきあってもらおうかと、信号待ちの交差点で取り出した携帯が、受信を告げて震えだす。ディスプレイに映し出された健の名前に、一気に胸が逸《はや》る。

交差点から路肩へとよけ、ひとつ深呼吸してから電話に出る。

「なに？」

電話ひとつで舞い上がっている自分が恥ずかしくて、第一声はついぶっきらぼうになった。

『なんでもないけど、今帰宅して、きみの声が聴きたくなったから』

笑顔が思い浮かぶようなその台詞《セリフ》に、胸が甘酸っぱくよじれる。

「……ゴルフ、楽しかった？」

『ひたすら暑かったよ。おじさんたちは元気だなって感心した』

交差点を強引に右折してきたバイクに、タクシーがけたたましいクラクションを鳴らし、健の声がとぎれとぎれになる。

『今、外？』

その音が耳に届いたようで、健が訊《たず》ねてきた。

「うん。今まで友達と会ってた」

ずっと頭の中が健のことでいっぱいだったことをごまかすために、わざとニーナと会っていたことを口にする。

『そうなんだ。もう帰るの？』

「そう。……でも、一之瀬さん帰ってるなら、ちょっと寄って行こうかな。結構近くだし」

寄ってやってもいいけど？的な尊大なニュアンスを含ませて言うと、電話の向こうで健が笑った。

『来てくれたら嬉しいな。待ってるよ』

通話を終えると、さっきまでのアンニュイな気分は霧散《むさん》していた。瞬介はいそいそと健のマンションへと引き返した。

瞬介を迎え入れた健はゴルフの汗をシャワーで流したところらしく、まだ髪が濡《ぬ》れていた。日焼けしたせいで半日にして妙に精悍《せいかん》さを増した健の姿にどぎまぎしてしまう。

一方健も瞬介を見てちょっと目を見開いた。

「着替えに帰らなかったの？」

「ああ、うん。面倒だし」

半日ニーナとラブホでダラダラしていたので、着替えに帰るひまもなかった。

タオルで髪を拭《ふ》く健の左手に、腕時計のあとが白く抜けている。

「ここ、白黒のコントラストがすごいね」

指先で触ると、健は「ああ」と苦笑した。

「時計、外しておけばよかったよ」

そう言いながら、自分に触れる瞬介の手を逆に握りこみ、引き寄せてくる。

甘く、唇が重なる。油気のない男の唇の感触に安堵《あんど》と興奮が同時に訪れる。この唇が好き。この腕が好き。すっぽりと自分を包みこむ、男の腕。額にひやっと触れてくる濡れ髪からは、すでに馴染みとなった健のシャンプーの匂《にお》いがする。

そのまま狭《せま》いソファに押し付けられて、しばし甘いキスを堪能《たんのう》した。

長いくちづけをほどくと、健はメガネごしに少し不思議そうに瞬介を見た。

「……いい匂いがする」

「うん、一之瀬さんも」

何の気もなしに答えて、一瞬後にハッとする。もしかして、ラブホテルで使ったボディソープの匂いだろうか。それともニーナのフレグランスの移り香?

「あー、もしかして百貨店でもらったムエットかな」

咄嗟《とっさ》に、適当な作り話で言い訳する。

「ムエット?」

「ほら、香水売り場とかで配ってるじゃん、栞《しおり》みたいなのに匂いをつけたやつ。捨てたと思ったけど、どこかに入れたかな」

そらとぼけて、チノパンのウエスタンポケットを探る。

瞬介の言い訳を真に受けたのか、健は笑ってキスしながら、半ば愛撫するように尻のポケットを探ってきた。

「ああ、これかな」

あるはずもないものを探り当てたらしい健の声に、瞬介は眉根《まゆね》を寄せる。

つまみだしたものを、健が眼前にかざす。それはラブローションの小袋だった。

健の顔からすうっと笑顔が消える。瞬介は一気に血の気が引くのを感じた。

反射的に取り返そうとのばした手から、健はすっとそれを遠ざけた。

「これ、どういうこと?」

「あ、ええと、それは使わなかったやつで……」

なんの言い訳にもなっていない言い訳が、しどろもどろに口をつく。

ニーナとのことを健への裏切りだとは感じていなかったし、浮気などとは全然違う類《たぐい》のことだと断言できる。

しかしいくら常識感覚が麻痺した瞬介でも、こんなふうにことが露呈《ろてい》するのはさすがに気まずく、心底焦《あせ》りまくる。

「誰と会ってたの?」

メガネごしに冷ややかに尋問《じんもん》される。

「ええと、ちょっとした知り合い」

「男? 女?」

「女の人」

「どこで会ってたの？」

ローションの小袋を印籠《いんろう》のように目の前にかざして問われ、瞬介は観念してぼそぼそ答えた。

「……ラブホテルです」

これ以上追及されたら、色々と気まずいことがバレてしまう。健の前で女みたいにメロメロになってしまう自分が不安で、男の矜持を取り戻しに行ったのに、女相手じゃ勃《た》たなかったとか、そういう情けなくてかっこ悪いことまで白状させられるのだろうか。

すっと健の体重が退き、密着していた身体がエアコンの冷気にさらされてすうすうした。

健はラブローションをぞんざいにローテーブルに放ると、今まで見たこともないような冷ややかな目で瞬介を見下ろした。

「前に言ったよね。過去のことは俺の与《あずか》り知らないことだけど、五十一人目は許さないって」

低く、静かで、硬い声が、健の憤りを如実《にょじつ》に物語っていた。

恐怖で、身体が震えた。怒りや暴力に対する恐怖ではない。捨てられることへの恐怖だった。

どうしよう。どうしよう。今朝までラブラブだったのに、たった半日でこんなことになるなんて。

捨てられたくない。別れたくない。でも、健の冷たい怒りの前で、瞬介はなすすべもなかった。

四十九人とつきあっても、こんな修羅場《しゅらば》を体験したことはなかった。お互いに執着《しゅうちゃく》のない

Lotion
HOTEL L J

割り切ったつきあいしかしたことがなかった。

どうしたら許してもらえるだろう。捨てないでってすがりついて、泣いて、土下座すればいい？　でもそこまでして許してもらえなかったら、きっともう人間として立ち直れない。

ビビりとパニックで頭も心も混乱しまくり、気付いたらソファを蹴る勢いで立ち上がっていた。

無表情にこちらを見ている健を、逆毛《さかげ》を立てて人を威嚇《いかく》する猫みたいに睨みつける。

「俺が悪いんじゃないし！　あんたが突っ込もうとするばっかで、ヤラせてくれないのが悪いんだから！」

心にもない責任転嫁で逆切れして、そのまま健の横をすり抜け、部屋から飛び出した。

パニックのまま非常階段を駆け下り、通りを駅に向かって全力疾走《しっそう》する。

うわーっ、俺のバカバカ最低！

瞬発力はあるが持久力のない身体はやがて音をあげ、瞬介は息を切らしてビルの側壁に凭《もた》れかかり、そのましゃがみこんだ。

ショックと後悔で、頭を抱《かか》える。

ニーナに連絡をとったのは、健が好きすぎるからだ。だがそんな自分でもわけがわからない理屈を、健にわかってもらうのは不可能だろう。

嫌われた。軽蔑《けいべつ》された。もう俺の人生は終わった。

道端にうずくまって頭を抱えていたら、携帯が震えだした。健からの電話だった。全力疾走でばたついていた心臓が、更にドキドキと煽《あお》りだす。

決定的な別れの言葉を告げられるのが怖くて、逆切れを装って逃げ出してきたけれど、もしかして電話で告げられるのだろうか。

ビビって出られずにいる手の中で、携帯はいつまでも震え続けている。

怖い。怖い。別れたくない。だってこんなに誰かを好きになったのは、生まれて初めてのことなのに。

大きく深呼吸を三回すると、瞬介は震える手で電話を受けた。

別れの言葉を聞きたくないから耳には近付けず、眼前にかざした携帯に怒鳴り散らした。

「一之瀬さんが別れたいって思っても、俺は絶対別れてやらないからなっ!」

逆切れキャラを上塗《うわぬ》りして電話を切り、ついでに電源も落とす。

再び頭を抱えてうずくまったその頭上から、健の声が降ってきた。

「それはこっちの台詞だよ」

びっくりして顔をあげると、健が携帯片手に呆《あき》れ顔で立っていた。

「俺は束縛系《そくばくけい》だって言っただろ? そう簡単に別れられると思うなよ」

「だ、だって、すげー怒ってるっぽかったし、許さないって……」

「怒ってるし、許す気もないよ。別れる気は更にない」

安堵していい場面なのかどうかわからなかったが、別れる気はないと断言されたことに緊張が緩《ゆる》み、じわっと視界が歪《ゆが》んだ。

「なんできみが泣くの？　浮気されたのはこっちなのに」

健はちょっと困ったように言って、そっと頭を撫でてきた。

「……浮気なんかじゃないし……っ」

しゃくりあげて語尾がみっともなく裏返る。

ふいと腕を引っ張られ、立ち上がらされた。

「とりあえず部屋に戻ろう」

夜の浅い時間で人通りはそれなりにあるのに、健は人目もはばからず瞬介の手を引いてマンションまで連れ帰った。

促《うなが》されてソファに腰を下ろすと、健はティッシュの箱を持って来てくれた。子供みたいにわーわー泣き喚《わめ》きたいのをなんとかなけなしの理性で抑えこんで鼻をかみ、深呼吸して気持ちを落ちつける。

「ひとまず、きみの弁明を聞かせてもらおうかな。言いたくないなら、仕方ないけど」

床に座った健が、じっと瞬介を見つめてくる。瞬介はぶんぶんと頭痛がするくらい頭を振った。

「話すよ、全部、なにもかも。……でも」

「でも?」

「絶対に別れるって言わない? 俺のこと嫌いにならない? 怒んない?」

「別れないし、嫌いにもならない。でも、話の内容によっては腹は立つかもしれない」

瞬介がソファで膝を抱えて身を固くすると、健は小さく笑った。

「なるべく感情的にならないように、努力はするよ」

瞬介は神妙な顔で、要点をかいつまんで、ぼそぼそと話した。

「朝、一之瀬さんと別れたあとに、昔寝たことのある女を電話で呼び出して、ホテルに行ったんだ。四十九人の中の一人だから、五十一人目じゃないよ。それは絶対」

益体《やくたい》もない言い訳で保身に回る瞬介に、健はため息をついた。

「俺と別れたその足で、どうして?」

「……女を抱けるか、試してみたかったから」

よくわからない説明だとでもいうように眉根を寄せ、健はずばっと訊ねてきた。

「で、抱けたの?」

瞬介は不本意にかぶりを振った。

「ダメだった。多分、昨夜イかされまくったせいだと思うんだけど……」

男としてのプライドを保つべく、勃たなかった言い訳をまくしたて、途中でしまったと思う。

むしろ未遂《みすい》に済んだことを喜ぶべきなのに。

「どこまでしたの？　相手を触った？　触られた？」

「ええと……おっぱいくらいはちょっと触った。あとフェラしてもらった」

メガネごしの怖い視線に射抜かれて、慌てて言い訳をする。

「でも、どんなに舐められても、吸われても、全然ダメだったし」

「……そんなに舐められたり吸われたりしたんだ」

また墓穴を掘ったかと、竦《すく》み上《あ》がる。

「きみがセックス依存症だってことは知ってたし、挿入《そうにゅう》したい欲求に駆られていたってことは、よくわかった」

健は努めて冷静であろうとするように、ゆっくりとした口調で見当はずれな考察を口にする。

「だからって、俺以外の誰かとラブホテルに行って、未遂とはいえそういうことをするっていうのは、恋人としてはとても不愉快で腹が立つ。そこはわかる？」

客観的に見て、健の立腹はもっともなことだ。それでも、瞬介は恋人から多情だという誤解を受けたことに傷ついた。

もっとちゃんと、健に伝わるように説明しなくてはと、思考を巡らし、口を開いては閉じ、しかし思いは上手《うま》くまとまらず、口をついて出たのは我ながらアホ過ぎる本音だった。

「一之瀬さんだって、俺よりゴルフをとったくせに」

「え？」

「海に行こうって言ったじゃん！　俺との約束の方が先なのにあっさり覆《くつがえ》されて、俺だって超不愉快で腹が立ったよ！　俺と仕事とどっちが大事なんだよって」

あっけにとられる健を見て、瞬介は抱えた膝に顔を伏せた。禁断のアホ台詞を口にしている自分にドン引く。

「わかってるよ、自分がどんだけバカなことを言ってるか。俺、元々こんなこと言うキャラじゃなかったのに。一之瀬さん相手だと、どんどんバカになっちゃうし」

「山下《やました》くん、」

「自分が男に抱かれるなんて考えたこともなかったのに、一之瀬さんのことを好きになって、あれこれされるうちに、自分が気持ちも身体も女みたいになっていくのが怖くて……」

耳たぶが、燃えそうに熱かった。

「今日だって、一之瀬さんはあっさりゴルフに行ったけど、俺はすげーがっかりしてて、それってつまり俺の方が好きな気持ちが強すぎて、だからがっかりするんだって思ったら、なんかそういう自分の執着とかも怖くて。これ以上鬱陶《うっとう》しい奴《ヤツ》になったら、一之瀬さんにドン引かれるんじゃないかって」

「……それで浮気を？」

「浮気ですらない。一之瀬さんと対等でいたくて、ちゃんと男として女を抱けるかどうか、試しに行っただけ。抱くどころか、勃ちもしなかったけど」

口にしてから、急に不安になる。

「もしかして、やりすぎて反応しなかったんじゃなくて、インポになったたってことない？　あいうのって突然くるっていうよね？」

急にあさっての方向に心配しだした瞬介に、健は苦笑いを浮かべた。

「それは今試してみてあげるけど、どうしてきみは悩むとそう突拍子もない方向に全力疾走するんだよ。今話してくれたことを最初から素直に言ってくれたら、何ひとつ問題は起こらなかったのに」

「だってそんなの、カッコ悪いし、恥ずかしいし、居たたまれないじゃん」

結局今、言ってしまったけれど。

「きみは居たたまれないって思うことのポイントが、世間一般とずれてるよね。そんな理由でほかの相手と寝ようとか、俺には思いもつかないけど」

瞬介は赤い顔をあげて、健を見た。

「それは一之瀬さんが本気で人を好きになったことがないからだよ」

「まさかきみにそんなことを言われるなんて」

健は目を瞬《しばた》いて微笑《ほほえ》んだ。

「お言葉だけど、きみより俺の方がよっぽどきみを愛してる。だから、さっきのきみの問いに答えるなら、仕事よりきみが百万倍大事だ」

「……ごめん、それ、忘れて」

自分の台詞の恥ずかしさに頭を抱える。

「海、来週絶対に行こう」

「だから、俺は別に特に海が好きってわけじゃ……」

「じゃ、どこが好きなの？　ラブホ？」

からかうように当てこすられて、瞬介は口を尖らす。

「……俺が好きなのはここだよ。一之瀬さんのとこ」

健はちょっと目を丸くして、困ったように笑った。

「きみは天性の小悪魔だな」

「……悪魔？」

非難されたのかと眉根を寄せて問うと、健の手が頬にのびてきた。

「褒めてるんだよ。俺はもう、きみのことを絶対に手放せないよ」

下からすくいあげるように唇を重ねられて、不安で強張《こわば》っていた身体が幸福に溶けていく。

「じゃ、もう怒ってない？」

キスのあわいに訊ねると、健はいつもの穏やかな顔で頷いた。

「怒ってないよ」

「よかった」

「でも、貞操観念希薄な小悪魔くんには、ちょっとおしおきが必要かな」

メガネの奥の瞳に心なしか不穏な光が宿り、瞬介は思わずソファの上で身を引いた。


「……はっ、ん、ん……っ」

全裸でソファの上で大きく脚を開かされ、瞬介は自らのものを自分で慰めるというおしおきを強《し》いられた。

最初はその程度で許してくれるのかと安堵したくらいだったが、いざやってみると、好きな男の眼前でそんな痴態を演じるのは死ぬほど恥ずかしいことだった。

「とりあえず不能の心配はいらないみたいだな。よかったね」

ソファの前に座った健が、からかう声で言う通り、健の視線に晒《さら》されたそこは硬く充血し、透明な液を滲《にじ》ませ始《はじ》めている。

「……っねえ、もういい？　恥ずかしいよ、これ」

「そりゃ、おしおきだから、少しは恥ずかしい思いをしてもらわないと」

「もう、やだ……」

「浮気相手には平気で咥えさせるくせに、俺には色っぽいとこ見せてくれないの？」

「……やっぱまだ怒ってるじゃん」

「嫉妬《しっと》深い男は嫌い？」

上目遣いに問われると背筋がぞくんと震えて、手の中のものが更に硬さを増した。

「……嫌いじゃない、です、……ん、あ、あ……っ」

たまらなくなって右手を動かすと、一人でするマスターベーションの百倍くらい感じてしまって、あられもない声が唇からこぼれ出す。

「うわ、たまんないな」

健は、良くできたご褒美《ほうび》とでもいうように、喘ぎを零《こぼ》す瞬介の唇にキスをくれた。

「ごめんね。怒ってるとか嫉妬とか、もうとっくに通り越してて、きみのエロさにひたすら興奮する」

「……っ、変態！」

「うん。きみに対しては、ホントに俺は変態だって自覚してる」

そう言うと、健はソファに膝で乗り上がり、くちづけを深くした。厚ぼったい舌に口腔《こうこう》を犯され、身体の芯にびりびりと電気が走る。興奮を握った手が無意識に動きを激しくする。その手をかいくぐるように健の指が感じやすい部分に絡み、瞬介とは違うペースで刺激されると、ひとたまりもなかった。くちづけは乱暴なくらいに深さを増して、舌を絡めとり、敏感な粘膜を蹂躙《じゅうりん》する。

「っふ……ん……ん、ん、」

自分がどの部分で感じているのかよくわからなくなる。まるで交合《こうごう》のようなキスに背筋を震わせながら、瞬介は健の手を体液で汚した。

「ぁ……ん、んっ！」

快感に思わず空《くう》をかいた足がローテーブルをガタガタいわせ、その上にあったローションの小袋がフローリングに落下した。

キスをほどいた健が、その小袋を拾い上げ、快楽で焦点《しょうてん》の甘くなった瞬介の目の前にかざして囁《ささや》く。

「これ、使ってもいい？」

瞬介がロボットのようにがくがく頷くと、健は色っぽい顔で瞬介を見た。

「使い道、ちゃんとわかってる？」

「……多分」

「挿《い》れるのNGだったら、無理強いはしないから、ちゃんと言って」

達したばかりの下半身に緩やかな愛撫を続ける大きな手に身悶《みもだ》えながら、瞬介はかぶりを振った。

「NGじゃない」

「本当？」

「うん。ホントは最初から嫌じゃなかった。意地んなってただけで」

快楽と羞恥で焼け焦《こ》げそうになりながら、瞬介は間近の健の瞳を見つめた。

「挿れられるのが嫌なんじゃなくて、挿れられたいって思ってる自分が怖かった」

「たまんないなぁ、まったく」

健は優しく笑ってメガネを外した。

「大丈夫、怖いなんて感じないくらい優しくするから」

そういう物理的な怖さじゃなくて……と思ったけど、敢《あ》えて説明しなかった。健はきっとわかっているし、わかっていなかったとしても、今はもう瞬介に覚悟があるから大丈夫だと思えた。好きな男に、自分のすべてを委《ゆだ》ねる覚悟。

ベッドに移動して、身体中をくまなく愛されたあと、うつ伏せで男を迎え入れる姿勢を取らされた。羞恥と快感が紙一重《ひとえ》だということはさっきソファで教えられたけれど、それにしてもこの格好はありえないと、瞬介はシーツに額を擦《こす》りつけて身悶える。

いわくつきのローションを尾骨の奥に垂らされると、それだけで声が裏返った。

「あ、や、なんかヘン」

「使い慣れてるんだろ、こういうの」

「そんなところに、使ったことない」

「……別に処女信仰とかまったく持ってないつもりだったけど、それ、ムラッとくるな」

「……っ、ばか、変態、あ、あっ、やぁ……や、なに、ヘン、待って……っ」

そこに指を挿入《そうにゅう》されるのは初めてではない。昨夜だって散々それで喘がされた。けれどローションのぬめりを伴《ともな》った愛撫は、まるで感覚が違った。なんの抵抗感もなく行き来する指に粘膜をこすりあげられて、腰が勝手にうねりだす。

「ヘンじゃないよ。大丈夫、力抜いて、俺に任せて」

昨夜の余韻《よいん》で、そこはすでに柔らかくほぐれ、あっという間に健の指を三本受け入れられるようになる。

「あ、あ……、ちょっと待って、あ……っ！」

ラブホテルでの役立たずぶりはどこへやら、指で奥を突かれたら、また軽くイってしまった。

脱力して落ちそうになる腰を健の腕がぐっと支え、内部を蹂躙していた指が引き抜かれたと思ったら、圧迫感のあるものがあてがわれた。

「あ……」

反射的に逃げそうになる腰を引き寄せられ、みちっと健が押し入ってくる。

「あっ、あ……ん、っ」

「大丈夫、息を吐いてみて」

耳元で囁く健の声は、色っぽく湿っていた。その興奮した声音に、また官能を刺激される。

先端の圧迫感をやり過ごすと、あとは驚くほどスムーズだった。ローションの潤沢《じゅんたく》なぬめりが、むしろ拒《こば》むことを許さない。

「ひぁ、や、どうしよう、あっ……ねえ、どうしよう、」

瞬介はうわごとのような悲鳴をあげる。

「どうしたの？　痛い？」

「違くて、っ……ん、また、出ちゃう……」

こらえるように下半身に力を入れ、額をシーツにこすりつける。

今まで関係をもったあまたの女性たちから、寝物語に初体験の話を聞いたことがある。みんな口をそろえて、最初は全然良くなかったと言っていた。裂けるかと思った、出血した、ひりひりして何日も痛かった、等々。

受け入れるための器官でさえそうなのだから、男のバージンなんて相当の苦痛を伴うものだと覚悟していた。

それなのに、いきなり脳天を突きぬけるような快感に襲われ、怖くなって腱から逃れようとする。

しかししっかりと腰を固定され貫かれた身体は、昆虫標本のようにびくともしない。

「いいよ、我慢しないで出して。何度でもイかせてあげるから」

「あ……っ」

腰を揺らされると、身体がピンと硬直し、そのあとシーツに体液が滴《したた》る微《かす》かな音がした。

「かわいいね。そんなに気持ちいいの？」

耳元を愛撫するような健の声に、理性が土砂《どしゃ》崩れを起こす。

「……いい、気持ちいい、死んじゃうくらい気持ちよかった」

「過去形にするのはまだ早いよ」

ぐっと腰を押し付けられて、イッたばかりの敏感な身体がひくひくとのけぞる。

「もっと気持ちよくしてあげるよ」

「あっ、あ……、ねえ、一之瀬さんも気持ちいい？」

「ああ、ものすごく」

「……っ、ホントに？」

「ああ、きみの中で溶けちゃいそうだ」

嘘ばっかり、と胸の中で甘い悪態をつく。溶けるどころか、健のものはどんどん硬く凶暴になって、瞬介の小さな穴をみっちりと満たして刺激的な摩擦《まさつ》を生み出している。

二度達して、さすがに三度目は無理だと思ったのに、前に回された健の手で乳首や性器に淫《いん》靡《び》な刺激をくわえられながら腰を使われたら、ひとたまりもなかった。

「っ、ひぁっ、や、やぁ……ん、ダメ、もう、俺、ダメになっちゃう、から、そこ、……っ、や……ぁ」

「すごいね、中がうねってる」

「やっ、ふ……ぁ、あ、……っ、ん、おかしく、なっちゃう……」

「うん、俺もきみのことがかわいくて、好きすぎて、おかしくなりそうだよ」

「はっ……ん、俺も、好き、一之瀬さんのこと、好き、好き……っ、ひゃ……や、やぁ……」

身体の奥で、健のものが更に硬度を増し、これ以上ないと思っていた奥の方まで犯してくる。

最後はもう、意識も朦朧として、思い出したら羞恥死にしそうなことを口走りながら、健と一緒に行き果てたのだった。


羽のように軽いものが唇に触れる感触で、ふわっと意識が覚醒《かくせい》した。それでもまだ完全には目覚められなくて、薄明るい部屋で夢のボートに揺られながら、瞬介はゆっくりと瞼《まぶた》を開けた。

ぼんやり焦点の合わない視界に、健の笑顔がある。メガネをかけネクタイを締めた、理知的で清潔なビジネスマンの顔。

「おはよう。身体、大丈夫?」

そう訊《き》かれて、股関節《こかんせつ》周辺の筋がちょっと痛いことに気付く。昨日ソファの上で取らされた痴態や、ベッドの上で夜明けまで行われた行為が脳裏に刺激的に蘇《よみがえ》り、天井《てんじょう》が回った。

「昨日はかわいかったね」

指先にキスされながら言われて、顔から火を噴きそうになる。

「そういう親父トーク、いらないから」

瞬介が冷ややかに言い放つと、健はくすくすと笑う。

「名残惜しいけど、仕事に行ってくるよ」

「ん」

まだ覚醒しきらない意識の中、瞬介がそっけなく応じると、健は意味深な笑みを浮かべた。

「今日は言ってくれないの？」

「なにを？」

「俺と仕事とどっちが大事、ってやつ」

カーッと顔に血の気がのぼり、瞬介は健に枕を投げつけた。

「悪趣味！　最低！」

「ごめんごめん」

健は笑って枕を受けとめ、瞬介の髪を撫でてくる。

「だって、すごく嬉しかったからさ」

へんなの、とひとりごちる。あんな執着心あらわな台詞、絶対引かれると思っていたのに、なぜか健のツボにハマったらしい。

「山下くんはゆっくり寝ておいで」

一之瀬さんが帰って来るまでいてもいい？　そんな甘えた台詞が口をつきそうになって、黙り込む。うかつなことを言うと、またからかいのネタにされる。

天《あま》の邪鬼《じゃく》な性分ゆえ、あえて全然違うことを言ってみる。

「寝てるのもつまんないし、友達と遊びに行ってこようかな」

「いいね、大学生は夏休みがあって」

鷹揚《おうよう》な笑顔で腰を屈《かが》め、健はタオルケットの上から瞬介の股間《こかん》に手を置いた。

「ねえ、貞操帯って知ってる?」

爽やかな朝日の下で繰り出される突拍子もない単語に、「は?」となる。

「きみが『友達』と悪さできないように、ここにつけてもいい? 通販でも買えるらしいよ」

紳士の顔で恐ろしいことを言う男に、瞬介は一気に覚醒状態になる。

「あ……えと、やっぱ今日は一日一之瀬さんの部屋でダラダラしてようかな」

瞬介の動揺ぶりに、健はぷっと吹き出した。

「昨日のおしおきがききすぎた? 冗談だよ」

「……ムカつく」

「ごめんごめん。執着が過ぎてきみに愛想尽かされないように、気をつけなくちゃね」

瞬介の額にキスを落とすと、健は上着をつかんで立ち上がった。

「じゃ、行ってきます」

「行ってらっしゃい」

寝室のドアが閉まる直前に、瞬介は健を呼び止めた。

「ねえ、一之瀬さん」

「ん？」

「俺と仕事とどっちが大事？」

健は笑って即答した。

「もちろんきみの方が一億倍大事」

景気良くランクアップしていることに尊大に顎をそらせてみせ、瞬介は改めて「行ってらっしゃい」と健を送りだした。

「……つか俺って完全に一之瀬さんの手のひらで転がされてるよな」

ひとりごち、ちょっと口惜しい気がして無理矢理口を尖らせてみたが、自然に口角があがってしまう。

ジェントルマンの顔をした束縛系の恋人に飼い慣らされるのは、思いのほか心地好い。

# あとがき

月村 奎

こんにちは。皆様お元気でお過ごしですか。

お手に取ってくださってありがとうございます。

自他共に認める金太郎飴《あめ》作家の私ですが（オーマイガーッ！）、それでも一応萌えツボは三つくらいあって、今回はそのひとつ、鼻もちならない主人公がぎゃふんと言わされる系のお話です。主人公の性格的にお好みが分かれるかもしれませんが、「バカだなー」と呆《あき》れつつも広いお心で見守っていただけたら嬉しいです。

イラストは高久尚子《たかくしょうこ》先生がご担当くださいました。高久先生の味わい深い色合いのカラー絵にずっと憧《あこが》れていたので、雑誌と合わせて三種類も美しいカラーを描いていただけて、失神しそうに幸せです。

書きおろしの『束縛《そくばく》ジェントルマン』は、高久先生が雑誌のコメントカットに描いてくださったイラストからインスピレーションをいただいて、締切の一年前くらいに頼まれてもいないのに勝手に書きあげました。

高久先生、萌えとめくるめくひらめきをありがとうございました！

冒頭でも申し上げた通り、どれを読んでもほぼ同じ味の拙作《せっさく》、書いていてよく飽《あ》きないねと呆れられそうですが、これがまったく飽きることなく、毎回非常に楽しくて、日々わくわくとPCに向かっています。

こんなに好きなことを好きなようにやらせていただけるのは、広いお心で機会を与えてくださる新書館様と、辛抱《しんぼう》強く手に取ってくださるやさしい読者の皆様のおかげです。お仕事やお勉強、家事や諸々《もろもろ》のことでお忙しい皆様の、息抜きや憩《いこ》いのお伴《とも》に、このささやかな一冊が少しでもお役に立てたら、とても幸せです。

もしも気が向かれましたら、ご感想などお聞かせいただけると喜びに打ちふるえます。ごく稀《まれ》にいただくお手紙は、擦《す》り切《き》れるほど熟読し、心の糧《かて》にさせていただいております。差し支えなければリターンアドレスもお書き添えください。

この本が出るのはGW明け、初夏の日差しが眩《まぶ》しい時期ですね。そろそろ日焼けに注意しつつ、輝かしい季節をご堪能《たんのう》ください。

ではでは、また近いうちにお目にかかれますように。

二〇一四年　四月

D E A R + N O V E L

50ばんめのファーストラブ

# 50番目《ばんめ》のファーストラブ

この本を読んでのご意見、ご感想などをお寄せください。
月村 奎先生・高久尚子先生へのはげましのおたよりもお待ちしております。
〒113-0024　東京都文京区西片2-19-18　新書館
**[編集部へのご意見・ご感想]** ディアプラス編集部「50番目のファーストラブ」係
**[先生方へのおたより]** ディアプラス編集部気付　○○先生

**初　出**
純情サノバビッチ：小説DEAR+ 13年アキ号（Vol.50）掲載
「50番目のファーストラブ」を改題
束縛ジェントルマン：書き下ろし

新書館ディアプラス文庫


著者：**月村 奎** [つきむら・けい]
初版発行：**2014年 5 月25日**

発行所：**株式会社新書館**
[編集] 〒113-0024　東京都文京区西片 2-19-18　電話(03)3811-2631
[営業] 〒174-0043　東京都板橋区坂下 1-22-14　電話(03)5970-3840
[URL] http://www.shinshokan.co.jp/
印刷・製本：**図書印刷株式会社**

定価はカバーに表示してあります。乱丁・落丁本はお取替えいたします。

ISBN978-4-403-52351-9


この作品はフィクションです。実在の人物・団体・事件などにはいっさい関係ありません。

S H I N S H O K A N